KB259692

CONTENTS

AN MEINE FANS.
DANKE SCHÖN!

1

Die Nekra-Wüste erstreckte sich wie eine Seuche, so weit das Auge reichte, nichts als rollende Hügel aus dunklem Sand und Hitze. Ab und zu wehte eine Windböe über die Karawane hinweg, brachte aber kaum Linderung von der hohen Temperatur. Und wenn der Wind so schnell verschwand, wie er aufgekommen war, machte er die Situation nur noch schlimmer, indem er mir den Mund mit körnigem Sand füllte.

Ich schleppte mich neben einem riesigen Holzkarren her, der etwas Wertvolles enthielt, obwohl ich nicht wusste, was es war. Der Mann, der mich als Wache angeheuert hatte, gab keine Informationen preis, außer wohin sie fuhren und wie viel er zahlte. Ich vermutete, dass es sich um irgendeine Art von Tier handelte. Aus dem Inneren des Wagens kamen oft seltsame Geräusche, und ich hatte gesehen, wie der Anführer der Karawane ein Schwein hineinwarf.

Zu diesem Zeitpunkt war ich gezwungen, jeden Job anzunehmen, der mich in Bewegung hielt. Ich wusste nicht, ob Meister Pevus Dragoner nach mir suchen ließ, aber ich wollte kein Risiko eingehen, indem ich zu lange an einem Ort verweilte.

Außerdem verfolgte ich jedes Gerücht über ungebundene Drachen. In dem Monat seit meiner Flucht aus der Zitadelle war ich hunderte von Kilometern gereist. Jedes Mal, wenn ich dachte, ich käme einer Entdeckung nahe, stellte es sich als unbegründete Behauptung heraus oder es waren einfache Bauern, die den Unterschied zwischen einem Drachen und einem großen Vogel nicht kannten. Mit jedem Misserfolg wuchsen meine Vermutungen, dass Meister Pevus über die Herkunft der Schuldrachen gelogen hatte.

Ich hob meine Feldflasche und trank sparsam von dem lauwarmen Wasser, das noch übrig war. Unsere Reise durch die Wüste hatte mehrere Tage länger gedauert als geplant, und unsere Vorräte gingen zur Neige. Ich leckte mir über die ausgetrockneten Lippen und seufzte schwer, als ich den Sand zwischen meinen Zehen knirschen spürte. Wenn dieser Auftrag erledigt war, wollte ich für sehr lange Zeit keine Wüste mehr sehen.

Ein Schweißtropfen rann mir von der Stirn ins Auge, bevor ich ihn wegwischen konnte, und blendete mich kurzzeitig. Ich murmelte vor mich hin, während ich mit dem Saum meines Hemdes mein Auge abwischte und vergeblich versuchte, eine Stelle zu finden, die am wenigsten sandig war. Solche Momente boten die einzige Aufregung auf dieser Reise. Der Meister der Karawane hatte es so dargestellt, als wäre die Bewachung seines Karrens höchst gefährlich. Die einzige Gefahr, die ich bisher gesehen hatte, war eine Klapperschlange gewesen, und die hatte einen weiten Bogen um unsere kleine Gruppe gemacht.

»Sandteufel!«

Der alarmierte Ruf durchbrach die Eintönigkeit wie zersplittertes Glas. Ich zog schnell meine

Klinge und suchte nach dem Kundschafter, der die Warnung ausgestoßen hatte. Es war Geoff. Er stand etwa hundert Meter von der Hauptkarawane entfernt auf einem Hügel. Er wedelte wild mit den Armen. Ich hatte noch nie zuvor einen Sandteufel gesehen, aber die anderen Wachen hatten vor ein paar Tagen versucht, einen zu beschreiben. Als die Kreatur den Hügel überquerte, weiteten sich meine Augen ungläubig.

Es war eine eidechsenartige Kreatur, ungefähr drei Meter lang. Entlang ihres Rückens erhoben sich Stacheln von etwa sechzig Zentimetern Höhe, die jedoch von einer großen Hautfalte bedeckt waren, wodurch die Stacheln wie eine Flosse aussahen. Sie bewegte sich schnell und holte Geoff rascher ein, als ich erwartet hätte. Ein anderer Wächter, Vance, sprintete voraus.

Adrenalin begann durch meine Adern zu strömen, und ich folgte Vance. Das Laufen wurde durch den nachgebenden Sand unter meinen Stiefeln erschwert, aber wir kamen gerade an, als der Sandteufel nach Geoffs Fersen schnappte. Vance wich nach rechts aus und stieß seinen Speer in die Seite der Kreatur, aber sie war von dicken Schuppen bedeckt, und der Stoß drang nicht durch.

»Nimm die andere Seite!«, rief Vance mir zu.

Ich bewegte mich zur linken Seite der Kreatur und hielt mein Schwert hoch und bereit. Nun, da er in der Unterzahl war, trat der Sandteufel defensiv zurück, behielt aber seinen Blick auf Geoff gerichtet.

»Was hast du getan, um ihn so wütend zu machen?«, fragte Vance scherzhaft.

»Ich glaube, er riecht das-« Geoff hörte abrupt auf zu sprechen, als Vance ihn finster anstarrte.

»Ja, ich weiß, wonach er aus ist«, sagte Vance leise. Sein Griff um den Speer verstärkte sich. »Und er wird uns alle töten müssen, bevor er auch nur in die Nähe davon kommt.«

Ich nahm an, dass sie über den Inhalt des Karrens sprachen. Meine Handflächen schwitzten, und der Griff meines Schwertes begann meiner Hand zu entgleiten. Ich verfluchte meine verstümmelte Hand und wischte meine Handfläche schnell an meinem Hosenbein ab.

Das war alles, was der Sandteufel brauchte. Er wirbelte in einem Kreis herum und schlug seinen Schwanz mit voller Wucht gegen Vance. Der Schlag ließ den Mann in den Sand taumeln. Der Sandteufel öffnete sein Maul weit und stürmte auf mich zu. Meine Füße stolperten im Sand, als ich versuchte, mich aus der Reichweite der Kreatur zu bewegen, und ich fiel auf die Knie.

Der Sandteufel kreischte wie wahnsinnig, als sein schwerer Körper in mich krachte und mich mit dem Gesicht voran in den Sand warf. Ich keuchte, die Luft aus meinen Lungen gepresst, und versuchte, unter dem Biest hervorzukommen. Es fühlte sich an, als läge ein großer Stein auf mir, und es war unmöglich, freizukommen. Panik begann sich in mir auszubreiten. Ich rang nach Luft, nicht nur wegen des Gewichts auf mir, sondern auch weil mein Kopf im Sand vergraben war.

Gerade als meine Sicht zu verschwimmen begann, wurde das Gewicht des Biestes von mir genommen. Ich rollte mich auf den Rücken und sog kostbare Luft ein, dann sah ich mich um, um zu sehen, was los war. Vance hatte die Aufmerksamkeit des Sandteufels auf sich gezogen und hielt ihn mit seinem Speer in Schach. Geoff lag regungslos im Sand. Ich kämpfte mich auf die Beine und holte mein Schwert aus dem Sand, dann eilte ich zu Geoff.

Er atmete, und soweit ich sehen konnte, war er nicht verletzt, aber er musste trotzdem von dem alten Zauberer untersucht werden, der auch als Heiler fungierte. Ich wandte mich wieder Vance zu.

»Wie können wir dieses Ding töten?«, fragte ich.

»Seine Schuppen sind zu stark«, antwortete Vance. »Wir können nur das Fleisch an seinem Bauch durchbohren. Wir müssen einen Weg finden, es auf den Rücken zu drehen.«

»Das scheint unmöglich«, sagte ich kopfschüttelnd.

»Sehr wenige Dinge sind unmöglich.«

Der Sandteufel stürmte plötzlich auf ihn zu. Vance warf sich zur Seite und entkam nur knapp dem Maul voller scharfer Zähne, das versuchte, ihn zu beißen. Als ich die Bewegungen des Biests beobachtete, fiel mir auf, dass die stachelige Flosse auf seinem Rücken im Gegensatz zum Rest seines

Körpers hin und her schwankte. In meinem Kopf formte sich eine Idee, aber ich hoffte, dass sie mich nicht umbringen würde.

»Macht euch bereit!«, rief ich, warf dann mein Schwert weg und sprintete geradewegs auf die rechte Seite des Sandteufels zu. Als nur noch wenige Schritte zwischen uns lagen, sprang ich in die Luft, rollte mich zusammen und krachte in seine Flosse. Das Wesen brüllte überrascht auf. Für einen kurzen Moment war ich zufrieden, als ich spürte, wie der Sandteufel unter mir kippte, bis er sich weiter drehte und mich erneut unter sich begrub.

Zum Glück lag ich dieses Mal auf dem Rücken, konnte mich aber nicht bewegen. Ich versuchte gar nicht erst, mich zu befreien, da ich wusste, dass es zwecklos war. Erleichtert hörte ich, wie der Sandteufel vor Qualen und nicht vor Wut aufschrie. Ich spürte die Vibration einiger Schläge, als Vance immer wieder auf das Wesen einschlug. Als der Sandteufel sich nicht mehr bewegte, packte jemand meine Hand und zog mich unter dem Biest hervor. Es war Vance. Er zog mich auf die Füße und ich rieb mir den unteren Rücken.

»Du bist verrückter, als du aussiehst«, sagte er grinsend. »Woher wusstest du, dass das funktionieren würde?«

»Wusste ich nicht«, gab ich zu. »Es war ein Glücksspiel.«

Vance lachte und wir gingen um den toten Sandteufel herum. In seinem Unterleib waren mehrere Einstichwunden zu sehen und Vances

Speer ragte heraus.

»Wir sollten Geoff zum Heiler zurückbringen«, sagte ich.

»Einverstanden.«

Wir packten den bewusstlosen Mann jeweils an einem Ende und trugen ihn zurück zur Karawane. Der Anführer wies uns an, ihn in den Wagen des Zauberers zu legen, und wir überließen Geoff der Obhut des verschrumpelten alten Mannes. Vance führte ein privates Gespräch mit dem Anführer, Rory, und ich ging zurück zu der Stelle, wo der Sandteufel lag. Ich untersuchte das seltsame Wesen, betrachtete seine gepanzerten Schuppen und fuhr mit den Fingern darüber. Sie waren glatt, aber hart wie Stahl. Ich hörte, wie sich jemand näherte, und blickte über meine Schulter, um Vance zu sehen.

»Ist es möglich, aus seinen Schuppen einen Schild oder so etwas zu machen?«, fragte ich und nickte in Richtung des Sandteufels.

»Möglicherweise«, antwortete Vance. »Obwohl ich das noch nie gesehen habe.«

Ich starrte nachdenklich auf das Wesen.

»Rory meinte, die Kamele bräuchten eine Pause vom Ziehen der Karren, also werden wir hier für die Nacht unser Lager aufschlagen.«

»Wer übernimmt die erste Wache?«, fragte ich.

»Ich. Du kannst die nächste übernehmen, und wenn Geoff nicht ernsthaft verletzt ist, kann er die letzte machen.«

»Klingt nach einem Plan«, sagte ich.

»Während die anderen das Lager aufbauen, brauche ich deine Hilfe.«

»Wobei?«

»Bei der Zubereitung des Abendessens«, sagte Vance mit einem vielsagenden Blick auf den Sandteufel.

2

Nachdem Vance und ich den Sandteufel aufgeschnitten und das essbare Fleisch von den Schuppen und der Haut getrennt hatten, legten wir das Fleisch in eine große Pfanne und ließen es über offenem Feuer garen. Ich hätte nie gedacht, dass man einen Sandteufel essen könnte, aber der Duft, der sich im Lager ausbreitete, während das Fleisch kochte, ließ keinen Zweifel daran, dass es köstlich sein würde.

»Das willst du niemals essen«, sagte Vance. Er hielt ein rundliches Organ hoch, das er aus dem Inneren des Sandteufels gezogen hatte.

»Was ist das?«, fragte ich.

»Ich kenne den richtigen Namen nicht, aber ich nenne es Giftball. Es ist voll mit einer Art giftiger Flüssigkeit. Wenn du es isst, bist du mindestens eine Woche lang krank wie ein Hund.«

»Was machst du damit?«

Vance hielt es von seinem Körper weg und benutzte seine andere Hand, um mit einem Dolch durch die Oberseite des Organs zu schneiden. Sofort drang ein übler Geruch in meine Nase. Ich hustete und bedeckte Mund und Nase.

»Bei so einem Gestank, wer würde das bei klarem Verstand essen?«, fragte ich.

»Du wärst überrascht, was du tust, wenn du am

Verhungern bist. Jedenfalls hält die Flüssigkeit darin andere Sandteufel fern. Ich schätze, der Gestank, den es abgibt, dient als Warnung, dass ein größeres Raubtier in der Gegend ist. Wenn andere Sandteufel in der Nähe sind, wird es sie fernhalten.«

Ich folgte Vance, als er um den Rand des Lagers ging und an verschiedenen Stellen etwas von der Flüssigkeit ausgoss. Die Flüssigkeit war dunkelviolett, fast schwarz, und erinnerte mich an den widerlichen Trank, den ich für meinen Test in der Zitadelle getrunken hatte. Ich versuchte, nicht an den Ort zu denken, aber manchmal kam mir eine Erinnerung in den Sinn, und ich konnte nicht anders, als sie zu unterhalten. Es gab vieles, das ich an der Schule vermisste, aber es gab nur eine Person, die ich wiederzusehen hoffte.

»Was hast du gemacht, bevor du hierhergekommen bist?«, fragte Vance und riss mich aus meinen Gedanken. Er warf das leere Organ weg und kniete sich lange genug hin, um eine Handvoll Sand zu greifen, dann rieb er seine Hände zusammen.

»Ich habe ein paar kleine Jobs gemacht, ähnlich wie diesen«, antwortete ich.

»Und davor? Bevor du angefangen hast, dein Schwert zu vermieten?«

Ich schwieg einen Moment. Ich bezweifelte, dass Vance ein Diener von Meister Pevus war, aber ich wollte auch nicht, dass die Leute wussten, dass ich die Schule nicht geschafft hatte.

»Ich lebte auf dem Anwesen meines Vaters«,

antwortete ich und versuchte, vage zu bleiben.

»Was hat dich auf die Straße gebracht?«

Ich zuckte mit den Schultern. »Ich wollte raus und sehen, was es zu sehen gibt, nehme ich an. Mein Vater ist schon seit Jahren tot, und meine Mutter starb vor ein paar Monaten. Das war es, was mich wirklich aus der Tür getrieben hat. Es war schwierig, von allem umgeben zu sein, was mich an sie erinnerte.«

Vance nickte. »Es tut mir leid, von deinem Verlust zu hören«, erwiderte er. »Ich kann verstehen, warum dich das in die Welt hinausgetrieben hat.«

Wir gingen zurück zum Kochfeuer und Vance rührte das Fleisch um. Er zupfte ein Stück aus der Pfanne und blies mehrmals darauf, bevor er es in den Mund steckte.

»Es ist fertig«, verkündete er und begann, das Fleisch in Holzschüsseln zu schöpfen. Nachdem die anderen Mitglieder der Karawane bedient worden waren, setzten Vance und ich uns in den Sand um das Feuer. Die Sonne ging unter und die Dunkelheit hüllte schnell die Wüste ein. Ich nahm einen Bissen von dem Fleisch und stellte fest, dass es zart und saftig war, aber der Geschmack etwas zu wünschen übrig ließ.

»Was ist mit dir?«, fragte ich. »Was hast du gemacht, bevor du mit Rory gearbeitet hast?«

»Ich war Soldat in der Armee des Königs.«

Als ich Vance zum ersten Mal getroffen hatte,

hatte ich aufgrund seines Führungsstils angenommen, dass er vielleicht einen militärischen Hintergrund haben könnte. Er war groß und muskulös und hatte kurz geschnittenes braunes Haar, das mit einem Hauch von Grau durchsetzt war, und einen dünnen Schnurrbart.

Geoff stieg aus dem Wagen des Zauberers und gesellte sich zu uns am Feuer. Er war vom Körperbau her eher wie ich, hatte aber die gleiche Frisur wie Vance, obwohl sein Haar schwarz war. Wir waren alle von niederer Herkunft.

»Wie geht's dir?«, fragte Vance ihn.

»Mir geht's gut«, antwortete er. »Der verdammte Sandteufel hat mich nur überrascht.«

»Gut. Du hast die dritte Wache, es sei denn, du fühlst dich nicht dazu in der Lage?«

»Ich kann das machen.«

Wir aßen einen Moment lang schweigend, dann begann Vance in sich hineinzukichern.

»Worüber lachst du?«, fragte Geoff neugierig.

»Du hast Eldwins Vorstellung vorhin verpasst. Er hat sich buchstäblich auf den Sandteufel gestürzt.«

»Du hast *was*?«, sagte Geoff und richtete seinen Blick auf mich. »Bist du wahnsinnig?«

»Das könnte sein«, antwortete Vance. »Obwohl ich das nicht glaube.«

»Es hat funktioniert«, sagte ich schlicht und zuckte wieder mit den Schultern.

»Das hat es«, sagte Vance.

Geoff lächelte und schüttelte den Kopf.

»Was ist mit dir?«, fragte ich ihn. »Was hast du gemacht, bevor du mit Rory gearbeitet hast?«

»Nichts Aufregendes, das ist sicher«, sagte Geoff. »Ich habe für einen Adligen gearbeitet und seine Konten und Finanzen verwaltet.«

»Erzähl ihm, was dich dazu gebracht hat, so einen leichten Job aufzugeben«, sagte Vance.

Geoff verdrehte die Augen. »Ich bin in Schwierigkeiten mit dem Adligen geraten.«

»Erzähl ihm den Rest der Geschichte.«

»Schon gut, schon gut. Ich wurde erwischt, als ich mit seiner Tochter schlief. Er hat uns gefunden und gedroht, mich umzubringen, wenn ich mich nicht weit weg von ihm und ihr begebe.«

»Das ist ja eine Geschichte«, sagte ich. »Hattest du irgendeine Ausbildung, bevor du dich Rory angeschlossen hast?«

»Nicht viel«, gab Geoff zu. »Ich hatte ein bisschen mit einigen Soldaten in der örtlichen Kaserne herumgealbert, aber ich habe es nicht ernsthaft studiert. Vance hat mir praktisch alles beigebracht, was ich weiß.«

»Das stimmt«, sagte Vance. »Er war ein schrecklicher Schwertkämpfer.«

Ich lachte. »Nun, ich bin sicher nicht viel besser. Mein Vater hat mir etwas beigebracht, bevor er starb, aber ich hatte keinen formellen Unterricht oder so etwas.«

Was ich an Vance mochte, abgesehen von seiner allgemeinen Persönlichkeit, war, dass er meine verkrüppelte Hand nicht anstarrte wie die meisten anderen. Als er mich eingestellt hatte, zweifelte er nicht daran, als ich ihm sagte, dass ich trotz meines Makels mit einer Klinge umgehen könnte.

»Vielleicht, wenn du nach diesem Auftrag bleibst, bringe ich dir auch ein paar Dinge bei«, bot Vance an.

»Das werde ich mir merken«, sagte ich.

Die Sonne war untergegangen und abgesehen vom Kochfeuer und einigen Kerzen, die in den Wagen glühten, war es jetzt völlig dunkel.

»Ich gehe los und beobachte das Gelände«, sagte Vance. »Ihr beiden ruht euch aus.«

Er ging und Geoff stand auf. »Ich gehe schlafen. Wir sehen uns in ein paar Stunden.«

Ich war allein am Feuer. Die anderen Karawanenmitglieder schliefen entweder in ihren Wagen oder bereiteten sich darauf vor. Ich griff in meinen Münzbeutel und zog die Silbermünze heraus, die ich bei meiner ersten Prüfung in der Zitadelle erhalten hatte. Das Feuerlicht verlieh ihr einen matten Schimmer.

Wie bei meiner Suche nach einem ungebundenen Drachen war ich auch der Bedeutung der Münze oder dem Grund, warum ich sie erhalten hatte, nicht nähergekommen. Ich steckte die Münze zurück in meinen Beutel und starrte in den dunklen

Himmel.

Ich muss eingeschlafen sein, denn als Nächstes wusste ich, dass Vance über mir stand und mich mit seinem Stiefel anstupste. Ich setzte mich auf und schüttelte den Sand aus meinen Haaren.

»Bisher alles ruhig«, sagte er leise. »Ich glaube, es wird eine ruhige Nacht werden.«

»Das sind die besten«, erwiderte ich, während ich aufstand. Ich richtete meine Kleidung und schnallte meinen Schwertgürtel um die Hüfte. »Übernimmt Geoff die dritte Wache?«

»Ja. Er schien mir bei guter Gesundheit zu sein, also gibt es keinen Grund, warum er nicht ein paar Stunden lang den Wüstensand beobachten kann.«

Ich nickte und schlenderte vom Lager weg. Obwohl ich nur ein paar Stunden geschlafen hatte, fühlte ich mich erfrischt und war hellwach. Es lag eine Kälte in der Luft und ich zitterte. Die Wüste war ein seltsamer Ort. Tagsüber war es so heiß, dass man das Gefühl hatte, das Fleisch würde einem vom Leib schmelzen, aber nachts war es kalt genug, um warme Kleidung zu rechtfertigen.

Rory hatte mir für solche Nächte einen dicken Mantel gegeben, aber ich beschloss, stur zu sein und ihn nicht aus dem Gemeinschaftswagen zu holen. Ich ging am Rand des Lagers entlang und starrte in die weite Landschaft hinaus. Es gab keine Geräusche und keine Bewegung, die ich sehen konnte. Ich war bereit, in die Zivilisation zurückzukehren. Früher hatte ich Rory zu Vance sagen hören, dass wir noch fünf Tage von unserem

Ziel entfernt waren. Ich seufzte und setzte meinen Rundgang um das Lager fort.

Die nächsten Stunden waren ruhig und ereignislos. Die Kälte wurde stärker, je weiter die Nacht voranschritt, also hielt ich am Gemeinschaftswagen an und holte meinen Mantel. Als ich zum Rand zurückging, hörte ich ein Geräusch in der Nähe des Wagens, in dem das Tier untergebracht war, das wir auslieferten. Ich zog mein Schwert und näherte mich leise. Als ich etwa drei Meter entfernt war, sah ich Rory. Er schleifte die Überreste des Sandteufels in den Wagen.

Ich steckte meine Klinge zurück in die Scheide und wollte gerade gehen, als Rory aus dem Wagen trat und die Tür schloss. Er erschrak, als er mich sah.

»Was machst du da?«, verlangte er zu wissen.

»Entschuldigung«, sagte ich. »Ich bin auf Wache und habe etwas gehört, aber es warst nur du.«

»Oh«, seine Abwehrhaltung ließ nach. »Na dann, mach weiter.«

Ich nickte und ging meines Weges, aber die Neugier begann sich durch meinen Verstand zu fressen. Das waren nun schon zwei Tiere, die ich Rory in den Wagen hatte bringen sehen. Was auch immer da drin war, es war eindeutig ein Fleischfresser.

Nachdem ich dreimal um das Lager gegangen war, konnte ich mich nicht mehr zurückhalten. Ich ging zu dem Wagen, in dem das Tier war, und presste mein Ohr an die Holzwand. Es war schwach, aber ich konnte schweres Atmen hören. Was auch immer es war, es klang groß. Ich schaute zu Rorys Wagen. Es war eine verrückte Idee, aber vielleicht hatte Geoff Recht gehabt, als er fragte, ob ich verrückt sei. Vielleicht war ich es.

Ich schlich mich in Rorys Wagen und fand seinen Schlüsselbund an einem Haken neben seinem Bett. Er schnarchte laut, aber ich achtete darauf, so leise wie möglich zu sein. Ich hob den Ring vom Haken und umschloss alle Schlüssel mit der Hand, dann hielt ich sie fest, damit sie überhaupt nicht klirrten. Ich joggte zurück zum anderen Wagen und schloss schnell die Tür auf. Etwas bewegte sich darin, aber ich ignorierte meine Angst und öffnete die Tür langsam. Die Zeit stand still und mein Herz muss sicherlich einen Schlag ausgesetzt haben.

Drinnen war ein Drache.

3

Der Drache war kleiner als alle, die ich in der Zitadelle gesehen hatte, was mich zu der Annahme verleitete, dass dieser noch jung war. Eine leuchtende Lichtkugel schwebte nahe der Decke des Wagens und warf einen blassen Schein, der die roten Schuppen des Drachen unheilvoll glitzern ließ.

Ich konnte es nicht glauben. Einen Monat lang hatte ich nach einem Drachen gesucht, und jetzt war einer direkt hier vor mir. Er starrte mich regungslos an. Auf dem Boden vor ihm lagen verstreut Knochen verschiedener Formen und Größen, offensichtlich Überreste seiner Mahlzeiten. Mein Herz hämmerte in meiner Brust. Ich sah mich um, um sicherzugehen, dass niemand in der Nähe war, dann kletterte ich langsam in den Wagen und zog die Tür fast vollständig zu.

Der Drache wich ans Ende des Wagens zurück und ein tiefes Grollen vibrierte in seiner Brust. Ich hob meine Hände, um zu zeigen, dass ich nichts vorhatte, dann ließ ich mich auf den Boden sinken.

»Ich werde dir nicht wehtun«, sagte ich.

Es erschien dumm, das zu so einem mächtigen Wesen zu sagen, aber es war offensichtlich misstrauisch und möglicherweise verängstigt. Es blieb wachsam, hörte aber auf zu knurren, nachdem es sah, dass ich nicht näher kam. Als ich jünger war, hatte ich mich mit einer wilden Katze angefreundet, indem ich unendlich geduldig war und ihr kleine Fleischbrocken gab. Vielleicht würde die gleiche Taktik bei einem Drachen funktionieren?

Wir verbrachten eine lange Zeit schweigend miteinander. Ich wollte den Drachen nicht verlassen, aber es war zu riskant, länger zu bleiben. Außerdem sollte ich eigentlich Wache halten. Wenn etwas passieren würde, hätte ich keine Entschuldigung dafür, nicht Alarm geschlagen zu haben. Widerwillig stand ich auf, verließ rückwärts den Wagen und schloss dann die Tür ab. Ich brachte die Schlüssel zu Rorys Wagen zurück, beendete dann meine Wache und weckte Geoff, damit er übernehmen konnte.

Es waren noch ein paar Stunden bis zum Morgengrauen, aber ich war zu aufgeregt zum Schlafen. Trotz meiner Aufregung schwebte jedoch eine Frage am Rande meines Bewusstseins. Wohin brachte Rory diesen Drachen? Und woher hatte er ihn bekommen? Ich konnte ihn natürlich nicht fragen, sonst würde er wissen, dass ich seine Schlüssel genommen hatte. Das würde nicht nur dazu führen, dass ich meinen Job verlieren würde, sondern ich würde auch von der Karawane weggeschickt werden und keine meiner Fragen würde beantwortet werden.

Schließlich gelang es mir einzuschlafen. Als ich aufwachte, waren die meisten anderen Karawanenmitglieder bereits auf und aßen Frühstück. Ich nahm dankbar eine Schüssel mit Rühreiern von Vance entgegen. Die Portion war größer als in den letzten Tagen und ich sah ihn fragend an.

»Das Fleisch des Sandteufels hat unsere Vorräte gestreckt«, sagte er, meinen Gesichtsausdruck deutend.

Ich nickte und aß, während ich die anderen beim Packen und Vorbereiten für die Weiterreise durch die Wüste beobachtete. Bald war es fast unmöglich zu erkennen, dass wir überhaupt ein Lager aufgeschlagen hatten. Ich war an der Reihe, Späher zu sein, also schnallte ich mein Schwert um und leerte meine Stiefel von Sand, dann ging ich der Karawane voraus und brachte etwas Abstand zwischen uns.

Die Landschaft bestand aus welligen Hügeln dunklen Sandes. Es wehte ein stetiger Wind, und ich war gezwungen, meinen Kragen über Nase und Mund zu ziehen, um sie zu schützen. Während ich die Hügel auf und ab marschierte, bewunderte ich die wellenförmigen Linien, die der Wind in den Dünen geformt hatte. Ich blieb wachsam und achtete auf meine Umgebung, hielt Ausschau nach weiteren Sandteufeln, aber ich muss wohl zu weit vor der Karawane gewesen sein.

»Eldwin!«

Ich drehte mich um und sah Geoff winken. Er bedeutete mir, näher zu kommen, also ging ich auf ihn zu. Schweiß tropfte von seinem Gesicht und mir wurde klar, dass er wohl gerannt sein musste, um mich einzuholen.

»Was ist los?«, fragte ich, plötzlich besorgt,

dass etwas passiert sein könnte.

»Einer der Wagen steckt im Sand fest. Wir brauchen jeden, um zu versuchen, ihn freizuschieben.«

Erleichterung überkam mich und wir gingen schweigend zur Karawane zurück. Es war für mich einfacher, nicht zu sprechen, was meinen Hals austrocknete und mich den Rest meines Wassers trinken lassen wollte. Wir kamen bei der Karawane an und ich sah das Problem. Der Wagen, in dem der Drache war, war in den Sand eingesunken und die Räder steckten mindestens 15 Zentimeter tief. Es war offensichtlich, dass sie bereits versucht hatten, ihn mit den Kamelen freizuziehen, aber keinen Erfolg gehabt hatten. Der Sand war übersät mit Hufabdrücken.

»Du hast uns im Staub stehen lassen«, sagte Vance, als ich näher kam. Er grinste, offensichtlich von seinem Wortwitz angetan.

»Tut mir leid«, erwiderte ich.

»Wir werden den Wagen schieben müssen, und ich dachte, jeder verfügbare Körper würde unsere Chancen erhöhen. Der Sand ist an dieser Stelle aus irgendeinem Grund besonders weich.«

Vance übernahm die Führung der Gruppe und positionierte jeden dort, wo er dachte, dass er am meisten helfen würde. Wir stemmten und schoben immer wieder, aber der Wagen bewegte sich einfach nicht. Ich war mir nicht sicher, wie viel Zeit vergangen war, aber die Sonne stand hoch am Himmel, als Vance uns eine Pause gönnte. Alle fielen dankbar für die Ruhepause in den Sand.

»Warum lasst ihr nicht einfach das, was drin ist, raus, bis wir den Wagen frei bekommen?«, fragte jemand.

Vance warf dem Mann einen Blick zu, der seine Antwort deutlich machte. Der Mann zuckte mit den Schultern und ließ seinen Kopf in den Sand sinken. Ich beschloss, Vance ein paar Fragen zu stellen, um herauszufinden, wohin wir unterwegs waren. Soweit ich wusste, war die Zitadelle die einzige Schule in der Nähe unseres Standorts, und wenn ich dort wieder auftauchen würde, gäbe es nur Ärger. Ich wollte meine Freiheit nicht riskieren.

»Wie lange dauert es noch, bis wir ankommen, wo auch immer wir hinfahren?«

»Rory meinte gestern, wir wären noch fünf Tage entfernt, aber wenn wir diesen Wagen nicht in Bewegung bekommen, wird es länger dauern.«

»Woher weiß er, wo wir hinfahren?« Ich deutete auf die Landschaft um uns herum. »Hier gibt es nichts, was uns irgendetwas sagt. Wir könnten uns für alles, was wir wissen, im Kreis bewegen.«

Vance schüttelte den Kopf. »Wir fahren nicht im Kreis. Der alte Zauberer, den er beschäftigt, hat ein magisches Gerät, das uns zu unserem Ziel führt. Ich nehme an, dass er dadurch auch weiß, wie viele Reisetage uns noch bevorstehen.«

»Die Wunder der Magie«, sagte ich.

»In der Tat.«

»Warum kann der Zauberer den Wagen nicht einfach magisch anheben und bewegen?«

»Ich habe Rory die gleiche Frage gestellt«, antwortete Vance. »Anscheinend hat seine Magie Grenzen.«

Das war interessant. In der Zitadelle hatte Maren keine Grenzen ihrer magischen Kraft erwähnt. »Also, wo ist unser Ziel eigentlich?«

Vance starrte mich einen Moment lang an, und ich fürchtete, er wüsste, was ich vorhatte. Er öffnete seine Feldflasche, nahm einen kleinen Schluck und hängte sie dann wieder an seinen Gürtel.

»Wir gehen zur Grenze von Osnen«, sagte er schließlich.

Ich nickte beiläufig. »Autumnwick?«, fragte ich.

»Nein.«

Das ließ mich innehalten. Es ergab durchaus Sinn, dass wir nicht nach Autumnwick gingen, da es in einer etwas anderen Richtung lag, aber wenn sie den Drachen nicht zur Zitadelle brachten, wohin gingen sie dann? Ich beschloss, mein Glück nicht zu sehr zu strapazieren.

»Bereit für einen neuen Versuch?«, fragte ich und nickte zum Karren.

»Ja. Wir müssen uns in Bewegung setzen. Wir sind schon hinter dem Zeitplan. Rory hat sich beschwert, dass die zusätzlichen Tage, an denen er alle bezahlen muss, seinen Gewinn schmälern.«

»Das ist verständlich«, sagte ich.

Vance befahl allen aufzustehen, und wir versuchten erneut, den Karren zu schieben. Er bewegte sich immer noch nicht.

»Hat jemand eine Idee?«, fragte Vance.

Einige Leute brachten lächerliche Vorschläge vor, die Vance alle ablehnte. Während sie hin und her diskutierten, entdeckte ich etwas in der Ferne. Es war bunt und schien in unsere Richtung zu kommen, wenn auch nicht sehr schnell.

»Vance«, sagte ich und unterbrach seine gereizte Tirade gegen einen unglücklichen Mann, dessen Idee mir plausibel erschien.

»Ja?«

»Weißt du, was das ist?« Ich zeigte in die Ferne.

Vance stellte sich neben mich und schirmte seine Augen gegen die Sonne ab. Er starrte in die Richtung, in die ich zeigte, und lachte dann.

»Wenn ich mich nicht irre, ist das ein Tajir.«

»Ein was?«, fragte ich.

»Ein Tajir. Sie durchstreifen abgelegene Gebiete allein und bieten Waren an, die man in den Verkaufsständen der Städte nicht sieht.«

»Sie wandern allein durch die Wüste? Ist das nicht gefährlich?«

»Für Leute wie dich und mich, ja. Aber ihr Volk pflegt diese Tradition seit Generationen. Sie kennen die Wüste wie sonst niemand.«

Es schien verrückt, aber ich hatte seit meinem

Verlassen der Zitadelle viele seltsame Dinge gesehen. Jemand, der allein durch die Wüste wanderte, war im Vergleich zu einigen anderen Dingen, die ich gesehen hatte, viel weniger merkwürdig.

Eine Weile später erreichte der Tajir unsere Karawane. Er ritt auf einem Kamel und brachte das Tier zum Stehen, dann gab er einen Befehl, und das Kamel ließ sich zu Boden sinken. Der Mann rutschte von seinem Rücken und betrachtete den festgefahrenen Karren. Er sagte etwas in einer anderen Sprache, und Vance antwortete in derselben Zunge. Sie führten ein kurzes Gespräch, und der Tajir gestikulierte mehrmals mit den Händen. Schließlich verbeugte sich Vance vor dem Mann und befahl dann allen, einen Pfad vor den Rädern zu graben.

»Was ist los?«, fragte ich.

»Der Tajir sagt, der Boden sei weich, weil darunter Wasser ist. Wenn wir Gräben vor den Rädern ausheben, können wir einige Bretter hineinlegen und wieder auf den normalen Sand gelangen.«

»Clever«, sagte ich. »Was für Dinge handeln sie?«

»Geh und finde es selbst heraus«, antwortete Vance. »Wir haben genug Hände, um die Gräben zu graben.«

»Bist du sicher?«

»Wenn ich's nicht wäre, hätte ich dir nicht

gesagt, du sollst nachsehen.«

»Stimmt«, erwiderte ich. »Brauchst du mich zum Übersetzen?«

»Nein. Tajir sprechen die meisten Sprachen ziemlich gut.«

Vance ging zum Karren und begann, den anderen beim Graben zu helfen. Da wir keine Spaten hatten, gruben sie die Gräben mit bloßen Händen. Ich winkte dem Tajir zu, als ich mich näherte.

»Seid gegrüßt«, sagte der Mann fröhlich. Er trug einen leuchtend orangefarbenen Turban auf dem Kopf, und sein Gewand war von einem tiefen Indigoblau, der Stoff dünn und fließend. Sein Bart war weiß und hing mindestens einen Fuß von seinem Kinn herab.

»Seid gegrüßt«, erwiderte ich. »Was für Waren habt Ihr?«

»Sucht Ihr nach etwas Bestimmtem?«

»Nicht wirklich«, antwortete ich.

Der Tajir zog eine kleine Truhe vom Rücken des Kamels und stellte sie in den Sand, dann öffnete er den Deckel. Darin befand sich eine Vielzahl von Gegenständen, von Bündeln bunter Stoffe bis hin zu kleinen Schmuckstücken und Schnitzereien. Eine Sache zog besonders meine Aufmerksamkeit auf sich. Es war eine kleine Schachtel mit dem Bild eines Drachen, das auf der Oberseite eingraviert war.

»Darf ich?«

»Natürlich«, sagte der Tajir.

Ich griff hinein und nahm die Schachtel heraus. Sie hatte die Größe meiner Hand, von der Fingerspitze bis zum Handgelenk, und wog kaum etwas. An der Rückseite ragte ein kleiner Drehknopf hervor. Ich betrachtete ihn neugierig, nicht sicher, was es war.

»Dreht den Knopf und öffnet sie«, forderte der Tajir mich auf.

Der Knopf machte ein leises Klicken, als ich ihn drehte, und als ich den Deckel öffnete, begann beruhigende Musik zu spielen. Im Inneren bewegte sich eine kleine Figur eines Drachen mit einem Reiter auf und ab, als ob sie flöge. Die Handwerkskunst war erstaunlich, und der Drache hatte sogar detaillierte Schuppen.

»Akzeptiert Ihr Geld?«, fragte ich.

»Ich bevorzuge den Tausch von Gegenständen, aber ich akzeptiere auch Bezahlung, wenn es nichts zu tauschen gibt.«

»Wie viel wäre angemessen?«, fragte ich, aus Angst, der Preis könnte höher sein, als ich hatte.

»Macht mir ein Angebot«, sagte der Tajir, ohne dass sein Lächeln sein Gesicht verließ.

Ich griff in meinen Geldbeutel und holte alles heraus. Die Silbermünze und drei Goldstücke waren alles, was ich hatte. Ich starrte einen Moment lang auf die Silbermünze und zögerte. Sie hatte für mich keinen Wert, und ich hatte ihren Zweck nicht herausgefunden. Ich hielt sie zur Begutachtung für den Tajir hoch.

»Was ist hiermit?«

Die Augen des Tajirs weiteten sich kurz, und dann schüttelte er heftig den Kopf.

»Ich kann eine solche Münze nicht annehmen«, sagte er. »Die Spieluhr kommt nicht annähernd an denselben Wert heran.« Der Tajir blickte hinter mich zu den Mitgliedern der Karawane und beugte sich vor. »Ich gebe Euch die Schachtel umsonst, wenn ich Euch etwas Weisheit mit auf den Weg geben darf?«

Ich nickte.

»Bewahrt diese Münze auf, bis die richtige Zeit gekommen ist, und gebt sie nur her, wenn Ihr darum gebeten werdet.«

4

Nach Tajirs kryptischer Weisheit bot er seine Waren den anderen Mitgliedern der Karawane an und machte sich dann in die Richtung auf, aus der wir gekommen waren. Seine Anweisungen, um den Karren zu befreien, funktionierten, aber wir reisten nicht sehr weit, bevor es Zeit war, erneut das Lager aufzuschlagen. Vor der Entdeckung des Drachen hätte es mich genervt, einen weiteren Tag in der Wüste festzusitzen, aber jetzt freute ich mich auf meine Wachzeit. Ich wusste, es war verrückt, aber ich plante, den Drachen wieder zu besuchen.

Abgesehen davon, dass er Rorys rechte Hand war, war Vance auch der selbsternannte Koch der Karawane, und er briet mehr von dem Sandteufel-Fleisch für das Abendessen. Ich aß mich satt, behielt aber ein großes Stück Fleisch, um es später mit in den Karren zu nehmen. Ich versteckte es in meinem Geldbeutel, als niemand hinsah, und spielte dann die Spieluhr, während ich am Kochfeuer saß. Als ich die Box zum ersten Mal sah, hatte sie mich sofort an Maren erinnert.

Ich hoffte, sie eines Tages wiederzusehen, obwohl ich keine Ahnung hatte, welche Umstände uns zusammenbringen würden. Wenn dieser Tag käme, plante ich, ihr die Spieluhr zu schenken. Als die Musik aufhörte zu spielen, schloss ich den Deckel und legte die Box in den Gemeinschaftskarren zu meinen anderen spärlichen

Besitztümern, die aus der Robe bestanden, die Rory mir gegeben hatte, einer blauen Tunika und einer schwarzen Hose.

»Geoff übernimmt heute Nacht die erste Wache«, sagte Vance zu mir, als ich zu meinem Platz am Feuer zurückkehrte. »Du übernimmst wieder die zweite, und ich gehe als Letzter. Ich habe beim Tajir eine seltene Flasche Schnaps eingetauscht, und ich werde die zusätzliche Zeit brauchen, um ihn auszuschlafen.«

»Das hast du dir verdient«, sagte ich. »Ohne dir zu nahe zu treten, Rory, aber ohne dich wäre diese Karawane nicht halb so gut, wie sie ist.«

»Ich schätze das«, erwiderte Vance mit einem Nicken. »Es ist sicher ein harter Job, aber jemand muss ihn machen. Und an einem Ort wie diesem«, er deutete auf die Wüste, »stehen Menschenleben auf dem Spiel, also muss er gut gemacht werden.«

»Genieß deinen Schnaps«, sagte ich. »Geoff und ich können uns um alles kümmern.«

Vance stand auf und deutete eine spöttische Verbeugung an, dann verschwand er in Rorys Wagen. Sobald die Sonne untergegangen war, bezog Geoff seinen Posten, und ich legte mich ans Feuer und wartete ungeduldig darauf, dass die Zeit verging. Ich döste ein und aus. Die Luft war nicht so kalt wie in der vorherigen Nacht, und das Feuer hielt den Boden unter mir schön warm.

Als Geoff mich weckte, überprüfte ich meinen Geldbeutel, um sicherzugehen, dass das Fleisch nicht herausgefallen war. Es war noch da, wenn auch etwas platt gedrückt. Ich würde später das Fett von meinen Münzen abwischen müssen, aber das machte mir jetzt keine Sorgen. Ich ging ein paar Runden um das Lager und wartete, bis das betrunkene Gelächter in Rorys Wagen verklungen war. Als das Lager still war, holte ich die Schlüssel zum Drachenkarren und schlich hinein. Genau wie zuvor zog sich der Drache ans Ende des Karrens zurück und knurrte.

»Ist schon gut«, sagte ich, bewegte mich langsam und hielt meine Hände gut sichtbar. »Ich habe etwas für dich.«

In dem Blick des Drachen lag eine gewisse Unruhe, aber er neigte den Kopf neugierig. Ich griff in meinen Geldbeutel und holte das Fleisch heraus. Die Nüstern des Drachen weiteten sich kurz. Ich wusste, dass sie einen außergewöhnlichen Geruchssinn hatten, und ich war sicher, dass er den Duft der Gewürze wahrnehmen konnte, die Vance dem Fleisch hinzugefügt hatte.

Ich machte langsame Schritte auf den Drachen zu und hielt das Fleisch vor mich. Der Drache beobachtete mich aufmerksam, knurrte aber nicht mehr. Ich hielt ein paar Schritte vor dem Biest inne und streckte meinen Arm aus, in der Hoffnung, der Drache würde nah genug kommen, damit ich ihn berühren könnte. Der Drache schien mich finster anzuschauen, also warf ich den Bissen in die Luft. Schneller als ich erwartet hatte, schnellte der Drache vor und fing das Fleisch in der Luft, dann sah er mich erwartungsvoll an.

»Tut mir leid, das ist alles, was ich habe«, sagte

ich.

Der Drache knurrte wieder, aber diesmal in einem anderen Ton.

»Ich kann morgen mehr mitbringen«, bot ich an.

Der Drache blinzelte, seine Augenlider dünn und fast durchsichtig. Ich setzte mich auf den Boden, schob ein paar Knochen beiseite und starrte zu dem Drachen hoch. Ich erinnerte mich daran, dass Maren mir erzählt hatte, dass Drachen telepathisch kommunizieren konnten, sogar mit Menschen, mit denen sie nicht verbunden waren. So sehr ich mir das auch wünschte, bezweifelte ich, dass der Drache sich mir vertraut genug fühlte, um das zu tun.

Es war unmöglich zu sagen, ob der Drache männlich oder weiblich war. Die Schuppen, die seinen Hals und Bauch bedeckten, waren hellbronze, was seine roten Schuppen in einem wunderschönen Kontrast hervorhob. Seine Krallen waren scharf wie Schwerter, aber nicht sehr lang. Wenn der Drache nicht einfach von kleiner Statur war, war ich sicher, dass er ziemlich jung war.

»Wohin bringen sie dich?«, flüsterte ich. Der Drache antwortete nicht.

Die nächsten zwei Nächte verliefen ähnlich. Ich sparte etwas von meinem Essen auf, und wenn ich an der Reihe war, Wache zu halten, wartete ich, bis alle schliefen, und verbrachte dann Zeit mit dem Drachen. Ich wollte glauben, dass er meine Anwesenheit genoss, besonders da er niemanden außer Rory sah, und der öffnete den Karren nur gelegentlich, um eine Mahlzeit hineinzuwerfen.

Wir hatten keine weiteren Probleme gehabt, und in den letzten zwei Tagen hatten wir etwas verlorene Zeit aufgeholt. Rory war zuversichtlich, dass wir nur noch zwei Tage vor uns hatten. Das gefiel mir nicht, jetzt, wo ich einen Drachen gefunden hatte. Im Hinterkopf hatte ich versucht herauszufinden, wie ich bei dem Drachen bleiben könnte. Ich hatte keine Ahnung, wohin sie ihn lieferten oder wer ihn gekauft hatte, aber ich wollte nicht von seiner Seite weichen.

»Ich wünschte, ich wüsste, wie ich dich nennen soll«, sagte ich. »Du siehst sehr stark aus. Vielleicht könnte ich dir einen eigenen Spitznamen geben. Wie wäre es mit Blaze? Das passt zu deiner Farbe.«

Der Drache schnaubte zur Antwort.

»Das gefällt dir nicht? Was hältst du von Inferno?«

Ein weiteres Schnauben.

»Flame?«

Du weißt schon, dass ich kein Männchen bin, oder?

Ich war so überrascht, die Stimme des Drachen in meinem Kopf zu hören, dass ich fast vor Schreck umgefallen wäre. Es war definitiv kein Männchen. Ihre telepathische Stimme war beruhigend und sanft, eher wie ein Flüstern als alles andere. Und es fühlte sich überhaupt nicht aufdringlich an.

»Es tut mir leid«, brachte ich schließlich heraus.

»Ich habe einfach angenommen ...« Mein Gesicht wurde vor Verlegenheit warm. »Ich kann mir etwas Besseres ausdenken«, sagte ich.

Du brauchst mich nicht zu benennen. Ich habe bereits einen Namen.

Die Stimme wurde zögerlich, und ich spürte, wie eine Welle der Unentschlossenheit über mich hinwegrollte. Sie hatte Angst, ihren Namen preiszugeben. Ich konnte ihre Furcht verstehen, auch wenn ich sie nicht nachempfinden konnte. Rory hatte sie im Wagen eingesperrt gehalten, und wer weiß, wo sie vorher festgehalten worden war. Ich hatte in den letzten Tagen hart daran gearbeitet, einen Funken ihres Vertrauens zu gewinnen, aber dennoch schien sie voller Unsicherheit zu sein.

»Ich fange an«, bot ich an. »Mein Name ist Eldwin. Eldwin Baines.«

Ein Schwall von Gefühlen überwältigte mich, alle vom Drachen. Mir wurde schwindelig von diesem Ansturm, und ich schloss die Augen, während ich versuchte, eine mentale Mauer um mich herum aufzubauen.

Es tut mir leid, sagte der Drache. *Ich bin die Freundlichkeit, die du mir gezeigt hast, nicht gewohnt. Mein Name ist* ... Es folgte eine lange Pause, aber ich konnte sie immer noch in meinem Geist spüren.

Sion.

»Das ist wunderschön«, sagte ich.

Das ist die Kurzversion. Die lange Version ist in

der menschlichen Sprache unaussprechlich. Es bedeutet Die Stille.

»Ich fühle mich geehrt, dass du deinen Namen mit mir geteilt hast«, sagte ich. »Wirklich.«

Ich hoffe, dass ich keinen Fehler gemacht habe, indem ich das getan habe.

Irgendetwas Mächtiges zog mich zu Sion hin, eine Art unsichtbare Kraft, die mich dazu brachte, meine Hand auszustrecken. Sion begann zurückzuweichen, hielt dann aber inne. Ihre Gefühle strömten in meinen Geist, und ich erkannte, dass sie dieselbe Kraft spürte. Ihre Neugier wuchs, und sie neigte ihren Kopf näher heran. Ein unkontrollierbares Zittern durchfuhr meinen lädierten Arm, als er sich ihr näherte. Nur noch wenige Zentimeter trennten uns, und ich überbrückte die Distanz und legte meine Hand auf ihre schuppige Nase.

Eine Fülle von Dingen geschah auf einmal.

Zuerst durchzuckte ein brennendes Gefühl meine Handfläche. Ich sog scharf die Luft ein, aber der Schmerz verflüchtigte sich schnell. Dann verschwamm meine Sicht, und es fühlte sich an, als würde ich schweben, obwohl ich noch immer auf dem Boden des Wagens saß. Ein weiterer Ansturm von Gefühlen von Sion überwältigte mich, und ich schrie unwillkürlich auf. Düstere Erinnerungen voller Traurigkeit folgten. Ich spürte Tränen über meine Wangen laufen. Als sich alles in mir beruhigte, ließ die unsichtbare Kraft von mir ab, und meine Hand rutschte von Sions Nase.

Ich fiel auf den Rücken und sah Sions Gesicht über mir, ihre Augen voller wässriger Tränen. Bevor ich etwas sagen konnte, durchbrach eine vertraute Stimme die Stille.

»Du Narr!«

Mein Kopf rollte zur Seite; meine Muskeln waren schwach. Es war Rory.

5

»Was machst du hier drin?«, verlangte Rory
wütend zu wissen.

Ich öffnete meinen Mund, um zu sprechen, aber
kein Wort kam heraus. Meine Kehle fühlte sich
ausgetrocknet an, als hätte ich seit Tagen kein
Wasser getrunken. Ich hatte Schwierigkeiten zu
verstehen, was gerade passierte. Rory stampfte in
den Wagen, packte mich am Hemd und zerrte mich
auf die Füße. Dann schleifte er mich aus dem
Wagen. Meine Beine gehorchten meinem Verstand
nicht, und ich taumelte unbeholfen, bevor ich über
den Rand des Wagens fiel und in den Sand
plumpste.

»Hast du getrunken?«, fragte Rory. »Was ist los
mit dir?«

Er beugte sich über mich und sah mir in die
Augen, die Stirn runzelnd. Sein Blick wanderte über
meinen Körper und dann hielt er abrupt inne, ein
Ausdruck des Entsetzens überschattete sein Gesicht.

»Du hast dich mit dem Drachen verbunden?«,
flüsterte er. Er packte meinen verletzten Arm und
hielt meine Hand zur Inspektion hoch, dann drehte
er meine Handfläche, damit ich sie sehen konnte.
Eine blutige Rune war in mein Fleisch eingraviert.
Es dauerte einen Moment, bis seine Worte bei mir
ankamen. Ich hatte mich mit Sion verbunden?
Aufregung durchflutete mich, gefolgt von der

Angst, dass Rory mich umbringen würde.

»Hast du eine Ahnung, was du getan hast? Ich bin ruiniert. Ruiniert!«

Rory stand auf und starrte wütend auf mich herab, die Wut deutlich in seinem Gesicht zu sehen. Ich zwang meinen Mund, sich zu bewegen, und schaffte es zu sagen: »Ich wollte das nicht.«

Das war größtenteils wahr. Obwohl ich gehofft hatte, dass Sion sich mit mir verbinden würde, war das nicht genau das, was ich erwartet hatte, dass jetzt passieren würde. Langsam begann wieder Kraft in meine Muskeln zu fließen.

»Ich bin ein toter Mann«, murmelte Rory vor sich hin. »Er wird mich töten. Er wird uns alle töten. Du Narr. Du verdammter Narr!«

Ein scharfer Schmerz durchzuckte meine Rippen, als Rory mir einen heftigen Tritt in die Seite versetzte. Ich stöhnte und versuchte wegzurollen, aber ich konnte mich immer noch nicht bewegen. Er trat mich erneut, noch härter. Rory muss sehr laut geschrien haben, denn Vance und Geoff tauchten auf und rieben sich den Schlaf aus den Augen.

»Was ist hier los?«, fragte Vance und stellte sich zwischen Rory und mich. »Warum schlägst du meinen Wächter?«

»Eldwin hier war im Wagen bei dem Drachen. Er hat sich mit ihm verbunden!«

Vance antwortete nicht sofort. Ich konnte mir nur vorstellen, was sie dachten. Ich war nur froh, dass Vance zwischen uns getreten war und Rory mich nicht mehr trat. Sion knurrte bedrohlich aus dem Inneren des Wagens.

»Hol den Zauberer«, befahl Rory Geoff. Er eilte los, um zu gehorchen.

Schließlich drehte sich Vance um und sah mich an. Ich konnte die Enttäuschung sehen, aber sie war viel verhaltener als sein Zorn.

»Er hat uns umgebracht«, fluchte Rory.

»Lass uns hören, was der Zauberer sagt«, erwiderte Vance.

Geoff kehrte einen Moment später mit dem verschlafenen Zauberer zurück.

»Ich dachte, deine Zauber sollten jeden davon abhalten, sich mit dem Drachen einzulassen?«, sagte Rory.

»Hm? Nein, nein. Sie sollen nur den Drachen am Entkommen hindern. Warum?«

»Eldwin hat sich mit ihm verbunden.«

Der Zauberer sah mich an. Ich hatte ihn während der ganzen Reise kaum gesehen und kannte nicht einmal seinen Namen, aber er machte mir allein schon deshalb Angst, weil er ein Zauberer war.

»Kannst du es rückgängig machen?«, fragte Rory.

»Nein«, antwortete der Zauberer. »Eine Drachenverbindung ist eine lebenslange Verbindung.«

»Wir sind tot«, wiederholte Rory.

Ich wusste nicht, vor wem er Angst hatte, aber es begann mich zu beunruhigen. Sion tat etwas am Rande meines Bewusstseins, aber ich konnte nicht herausfinden, was. Die Augen des Zauberers weiteten sich, und sein Kopf schnellte in Richtung des Wagens.

»Es löst meinen Zauber auf«, sagte der Zauberer. Er schloss die Augen und begann in einer seltsamen Sprache zu murmeln.

Ich werde nicht länger eine Gefangene sein, sagte Sion, obwohl ich nicht sicher war, ob sie mit mir sprach oder sich das selbst sagte. Rory schloss die Tür des Wagens und stürzte sich auf mich. Vance versuchte, ihn zu blockieren, aber Rory wich ihm aus und warf sich auf mich. Er bearbeitete mich mit seinen Fäusten und alles, was ich tun konnte, war aufschreien.

Ich werde es diesem mickrigen Zauberer zeigen, sagte Sion.

Vance zog Rory von mir runter und ich sah, wie der Wagen hinter ihnen wackelte. Der Zauberer schrie vor Schmerz auf und brach zusammen, dann splitterte das Dach des Wagens auseinander und Sions Kopf und ihr anmutiger Hals wurden sichtbar. Sie brüllte triumphierend und öffnete ihr Maul weit. Ich sah ein Flackern von Licht in ihrem Mund, das schnell größer wurde, bis Flammen hervorschossen. Sions Feuer umhüllte die Wände des Wagens und sie brach vollständig aus dem hölzernen Gefängnis aus.

Geoff sprintete in die entgegengesetzte Richtung. Vance packte Rory und zog ihn weg von dem brennenden Wagen, ließ aber den Zauberer am Boden liegen. Sion sprang aus dem zerstörten Wagen und landete im Sand. Ihr linker Flügel stand in Flammen. Etwas in mir zerbrach, und ich kämpfte gegen die Schwäche in meinem Körper an und setzte mich auf.

»Sion!«, rief ich und zeigte auf ihren Flügel.

Sie sah hin, kreischte dann und trieb ihren Flügel in den Sand. Ich konnte ihren Schmerz durch die Verbindung spüren. Ihr Flügel war an einer Stelle stark verbrannt. Ich kämpfte mich auf die Füße.

»Geht es dir gut?«, fragte ich.

Es wird schon, antwortete sie.

Ich sah Vance zurückkommen, seinen Speer mit beiden Händen umklammert. Ich zog mein Schwert und begegnete seinem Blick.

»Tu das nicht«, sagte ich.

»Es tut mir leid, Eldwin, aber du hast mir keine Wahl gelassen. Wenn wir ohne diesen Drachen auftauchen, sind wir alle tot.«

»Ich werde nicht zulassen, dass du sie mitnimmst.«

Ich werde nicht zulassen, dass sie mich mitnehmen, sagte Sion in meinem Kopf. *Ich sterbe lieber.*

»Ich werde es nicht so weit kommen lassen«,

sagte ich.

Vance hatte einen verwirrten Gesichtsausdruck. Er sah von mir zum Drachen und Verständnis dämmerte ihm.

»Sie spricht zu dir?«, fragte er. Er schien aufrichtig neugierig zu sein, aber ich traute ihm nicht und blieb in Deckung.

»Ja, *sie* tut es.«

Und dann sah ich es, zu spät um zu reagieren. Rory warf ein Netz über Sion. Es fiel über ihre Flügel und verhedderte sie. Sie brüllte vor Wut und drehte sich um, schnappte nach Rory. Er stolperte und fiel auf den Rücken, entging nur knapp Sions dolchartigen Fangzähnen.

Während meine Aufmerksamkeit abgelenkt war, stürmte auch Vance auf Sion zu. Er sprintete zu ihrer linken Seite und schob das stumpfe Ende seines Speers durch das Netz, lief dann unter ihrem Bauch durch und hakte die andere Seite des Netzes ein. Er drehte den Speer mehrmals im Kreis und zog so die Fesseln fest.

Es schien, als wären Vance und Rory die einzigen, die töricht genug waren, zu versuchen, Sion wieder einzufangen. Geoff war nirgends zu sehen und der Zauberer lag immer noch bewusstlos im Sand. Die anderen Mitglieder der Karawane hatten sich nicht gezeigt. Ich vermutete, sie versteckten sich und wollten nichts mit dem Chaos zu tun haben. Ich ging auf Sion und Vance zu und versuchte, mich davon zu überzeugen, dass der Kampf gegen einen ausgebildeten Soldaten kein kompletter Selbstmord war.

»Lass sie gehen, Vance. Sie will nur ihre Freiheit.«

»Sie darf nicht entscheiden, was sie will«, erwiderte Vance. »Sie ist ein Biest mit einem Besitzer. Und wenn dieser Besitzer sie nicht bekommt, wird er alles tun, um sie zu finden.«

»Das ist nicht dein Problem«, sagte ich. »Es wird meins sein.«

»Du kennst ihn nicht, oder wozu er fähig ist. Vertrau mir, wenn ich sage, dass du dieses Problem nicht willst.«

»Ich habe jetzt keine Wahl mehr«, sagte ich, wechselte mein Schwert in die linke Hand und hielt meine rechte Handfläche hoch, damit er sie sehen konnte. Die Rune war immer noch wund, blutete aber nicht mehr. Vance und ich starrten einander einen langen Moment an. Sion stand völlig still und wartete darauf zu sehen, was ich tun würde. Ich spürte ihre Zustimmung durch unsere Verbindung.

»Ich wünschte, die Dinge wären anders gelaufen«, sagte Vance. »Das tue ich wirklich.«

Er ließ seinen Speer los und stürmte auf mich zu. Ich warf das Schwert schnell zurück in meine andere Hand und eilte vorwärts, um ihm zu begegnen. Er war viel erfahrener im Kampf als ich, und als wir uns näherten, entwaffnete er mich schnell, indem er mein Handgelenk packte und verdrehte. Ich keuchte auf und ließ meine Klinge fallen, dann holte er mit seiner freien Hand aus und schlug mir direkt auf den Kiefer.

Ich taumelte von dem Schlag zurück, Feuer brannte durch mein Gesicht. Meine Augen tränten und ich blinzelte schnell, um sie zu klären, aber nicht bevor Vance mir einen weiteren Schlag versetzte. Ich ging zu Boden und fiel hart in den Sand. Vance ragte über mir auf, mit einem grimmigen Blick im Gesicht. Ich wusste, dass er mich töten würde. Er hatte wahrscheinlich schon viele Männer getötet und würde nicht zweimal darüber nachdenken, einen weiteren zu töten.

Bereite dich vor, sagte Sion.

Bevor ich fragen konnte, was sie meinte, hörte ich ein Pfeifen. Sions Schwanz krachte in Vance und schleuderte ihn weg, mit einem überraschten Blick auf seinem Gesicht. Ich stand auf und holte mein Schwert zurück, dann rannte ich zu Sion und schnitt Vances Speer aus dem Netz. Sion schlug mit den Flügeln und schleuderte das Netz weg. Ich schaute zu der Stelle, wo Vance hingefallen war. Er bewegte sich nicht, und ich fürchtete, dass Sion ihn getötet hatte. Ich wusste, er hätte mich getötet, wenn Sion nicht gewesen wäre, aber ich konnte mich nicht dazu bringen, dasselbe mit ihm zu tun. Ich schüttelte den Kopf und blickte auf seinen Speer hinunter.

Wir müssen gehen, drängte Sion.

Ich steckte meine Klinge in die Scheide und kletterte auf ihren Rücken. Ohne Sattel wusste ich nicht, wie ich mich festhalten sollte, also schob ich meine Finger zwischen die Schuppen an ihrem Hals und hielt mich fest. Sion senkte sich zum Boden, dann schoss sie in den Himmel hinauf. Ich verlor fast meinen Halt, aber ich stemmte meine Füße gegen ihre Schultern und drückte mich nach vorne, wobei ich hinter ihrem Kopf blieb, um dem Wind auszuweichen.

Als wir höher in die Luft flogen, blickte ich ein letztes Mal auf die Karawane hinunter. Eine einsame Gestalt war kaum zu erkennen. Obwohl ich nicht sehen konnte, wer es war, wusste ich, dass es Vance war. Und ich wusste, dass er nicht ruhen würde, bis er uns gefunden hatte.

6

Sion flog, bis wir der Wüste entkommen waren und die Landschaft unter uns sich in Waldgebiete verwandelte. Mein Adrenalinspiegel von den Ereignissen bei der Karawane war längst gesunken, aber ich war immer noch hellwach. Sion erging es nicht so gut. Ich konnte ihre Erschöpfung am Rande unseres Bandes spüren und wusste, dass sie bald landen musste.

Die Sonne ging gerade auf, und ich entdeckte einen einsamen Berg, der sich aus dem Boden erhob, als würde er um die Vorherrschaft über den umgebenden Wald ringen. Am Fuße des Berges stiegen Rauchsäulen in die Luft, die von einem Dorf zu stammen schienen. Es war schwer aus der Entfernung zu erkennen, aber es brannten definitiv mehrere Feuer, nach dem Rauch zu urteilen.

Ich muss landen, teilte Sion mir mit. *Mein Flügel schmerzt und ich glaube nicht, dass ich es viel weiter schaffe.*

»Land in der Nähe des Berges, wenn du kannst!«, rief ich laut genug, damit sie mich hören konnte.

Ich mache es sogar noch besser. Ich bringe uns zu dieser Höhle.

»Welche Höhle?«, fragte ich.

Sion antwortete nicht. Sie begann zu sinken, und mir wurde flau im Magen. Meine Finger waren verkrampft und taub, aber ich hielt mich mit aller Kraft fest. Der Berg kam näher und Sion wartete bis zum letzten Moment, um nach oben zu schweben, knapp über den Baumwipfeln fliegend. Sions Schwung verlangsamte sich und dann änderte sie abrupt die Richtung und landete auf einem Vorsprung etwa auf halber Höhe des Berghangs. Sion grub ihre Krallen in den Fels und rutschte zum Stehen. Ich kletterte von ihrem Rücken und streckte meine Beine, froh darüber, dass in ihnen wieder etwas Gefühl zurückkehrte.

»Woher wusstest du, dass hier eine Höhle ist?«

Wir haben ein ausgezeichnetes Sehvermögen, antwortete Sion. Sie überschwemmte meine Sinne mit Erschöpfung. Es fühlte sich an, als wäre ich derjenige gewesen, der den ganzen Weg geflogen war, und ich wäre fast zusammengebrochen.

Es tut mir leid. Ich versuche immer noch herauszufinden, wie ich mich von unserem Band abschirmen kann, damit ich das nicht ständig mache.

»Schon gut«, sagte ich. »Das ist eine Lernerfahrung für uns beide.«

Ich starrte den Höhleneingang an, nicht sicher, ob es eine gute Idee war, hineinzugehen, ohne zu wissen, was sich darin befinden könnte. Ohne zu zögern, betrat Sion die Höhle. Sie war nicht sehr tief, nur etwa zehn Meter, und es schien keine Anzeichen dafür zu geben, dass jemand oder etwas darin hauste. Sion ließ sich auf den Boden fallen und rollte sich zu einer Kugel zusammen.

Ich muss schlafen, sagte sie erschöpft. *Ich werde schneller heilen, wenn ich ruhe.*

»In Ordnung«, erwiderte ich. »Ich werde etwas Holz für ein Feuer suchen und sehen, ob ich etwas zu essen auftreiben kann.«

Sion antwortete nicht, aber ihr langes Seufzen verriet mir, dass sie bereits eingeschlafen war. Ich war nicht überrascht, angesichts dessen, wie lange wir geflogen waren. Ich beobachtete lange, wie sich ihr dunkler Umriss rhythmisch hob und senkte, dann ging ich leise zum Vorsprung hinaus. Die Aussicht, die sich vor mir erstreckte, war atemberaubend, auch wenn sie nicht mit dem Blick von Sions Rücken zu vergleichen war.

Ich erblickte die Rauchsäulen aus dem Dorf und beschloss, mich ihm nicht zu nähern, es sei denn, ich müsste es. Es war nicht abzusehen, ob sie menschlich waren, besonders in dieser Abgeschiedenheit. Ich sammelte einige herabgefallene Äste in der Nähe des Vorsprungs, aber es würde nicht reichen, um ein Feuer lange am Brennen zu halten. Also machte ich mich vorsichtig den Berghang hinunter, um so viel Holz zu sammeln, wie ich tragen konnte, ohne beim Aufstieg zur Höhle zu sehr zu kämpfen.

Nach einigen Gängen bemerkte ich, dass es keine Anzeichen von Wildtieren gab. Ich nahm an, dass Sions Anwesenheit alles verscheucht haben könnte, was sich normalerweise in der Gegend aufhielt, aber dann fiel mir auch das Fehlen von Vögeln auf. Es war seltsam, aber ich machte mir nicht zu viele Gedanken darüber. Als ich mit der

Menge des gesammelten Holzes zufrieden war, entfachte ich ein Feuer und setzte mich daneben. Die Sonne war jetzt aufgegangen, aber es war noch früh am Morgen und es lag eine leichte Kühle in der Luft.

Mein Magen knurrte vor Hunger, aber ich ignorierte es. Ich war schon Tage ohne Essen ausgekommen, also würden mich ein paar Stunden nicht umbringen. Schließlich spürte ich, wie Sions Geist durch das Band aktiv wurde. Das Gefühl war fast wie ein zweites Gewissen, eines, das im Vergleich zu meinem eigenen so fremd war.

»Wie geht es deinem Flügel?«, fragte ich, als Sion aus der Dunkelheit der Höhle auftauchte.

Nicht gut. Einige der leichteren Verbrennungen sind verschwunden, aber es gibt eine Stelle, die sich dem Heilungsprozess widersetzt.

Ich stand auf und ging zu ihr, um es zu untersuchen. Als sie ihren linken Flügel senkte, weiteten sich meine Augen vor Entsetzen. Da war ein großer schwarzer Fleck nahe dem obersten Teil ihres Flügels. Er sah aus wie verbranntes Pergament, und kleine Stücke ihres versengten Fleisches hingen kaum noch daran. Ein großer Riss zog sich über die gesamte Länge der Schwärze und war blutig.

»Das sieht schlimm aus«, sagte ich. »Was kann ich tun, um zu helfen?«

Wenn du kein Heiler bist, gibt es nichts, was du tun kannst. Es wird einige Zeit dauern, aber es wird schließlich heilen.

»Wie lange? Ich habe keine Tiere in der Nähe gefunden, und wir können nicht ohne Nahrung überleben.«

Ich kann es nicht genau sagen, aber mindestens eine Woche. Die Verbrennung ist tief und ich bin immer noch müde.

Eine Woche? Wir konnten nicht so lange ohne Nahrung und Wasser hier bleiben. Und Wasser war wichtiger als Nahrung, und ich hatte keine Bäche gesehen.

»Wir können nicht hier bleiben«, sagte ich.

Was schlägst du vor?

Ich überlegte unsere missliche Lage. Es gab keine Optionen. Andererseits ...

»Ich könnte ins Dorf gehen und sehen, ob sie einen Heiler haben. Wenn ja, dann können wir deinen Flügel heilen lassen und weiterziehen. Wir könnten einen anderen Ort zum Bleiben finden.«

Es war offensichtlich, dass Sion die Idee nicht gefiel. Ihr Missfallen echote durch das Band. Obwohl wir uns noch kennenlernten, war sie bereits beschützend mir gegenüber.

Es ist nicht ideal, aber ich nehme an, wir haben keine andere Wahl. Wenn dir etwas zustößt, werde ich mich dort hinunter schleppen und den Ort zu Asche verbrennen.

Ich lachte. »Das glaube ich dir. Ich werde so schnell wie möglich zurückkommen. Wenn ich bis zum Einbruch der Nacht nicht zurück bin ...«

Dorf zu Asche, sagte Sion.

Ich antwortete nicht. Ich war mir nicht sicher, ob sie wirklich ein ganzes Dorf für mich zerstören würde, aber ich dachte, es wäre nicht klug für sie, mit ihrer Verletzung ins Dorf zu gehen. Sie würde sich nur noch mehr verletzen.

Ich machte mich den Berg hinunter, wobei ich die Rauchschwaden zu meiner Rechten als Orientierungspunkt behielt, um später den Weg zurück zum Felsvorsprung zu finden. Es dauerte ungefähr eine Stunde, bis ich am Fuß des Berges ankam, aber ich wusste, dass der Aufstieg länger dauern würde. Ich sah mich um und entdeckte einen großen Felsen, den ich als Merkmal für meine Abstiegsstelle nutzen konnte. Mit meinem Schwert ritzte ich ein großes X in die Oberfläche und machte mich dann in Richtung des Rauchs auf den Weg.

Als ich das Dorf in Sichtweite bekam, beruhigte sich meine Unruhe. Die Bewohner waren Menschen. Einige Kinder rannten herum und spielten miteinander. Erwachsene gingen ihrer Arbeit nach, und ich konnte das Klingen von Stahl aus einer Schmiede hören. Ich verließ den Waldrand und betrat das Dorf, wobei ich seltsame Blicke von den Leuten erntete, an denen ich vorbeiging. Der Ort war größer als erwartet, aber ich konnte kein Gebäude eines Heilers ausmachen.

Ein kleines Kind kam um die Ecke gerannt und prallte gegen mich. Ich lächelte sie an, da ich wusste, dass es ein Versehen war.

»Es tut mir leid, mein Herr«, sagte sie.

»Schon gut. Kannst du mir sagen, ob es in eurem Dorf einen Heiler gibt?«

Das Mädchen nickte. »Ja. Der Älteste Altin ist ein Heiler.«

»Kannst du mir sagen, wo ich ihn finden kann?«, fragte ich.

»Sein Laden ist dort«, das Mädchen zeigte auf ein Gebäude zu meiner Linken.

Ich hatte es gesehen, aber es hatte kein Schild und war sonst schmucklos. Ich hatte angenommen, es sei jemandes Wohnhaus. Ich dankte dem Mädchen und ging zu dem Gebäude hinüber, wobei ich an der Tür kurz innehielt. Ich warf einen Blick auf die anderen Gebäude, zuckte mit den Schultern und öffnete dann die Tür.

Eine Welle von Wärme umhüllte mich, als ich eintrat. Im Kamin brannte ein Feuer, und ein älterer Mann saß davor in einem Stuhl. An den Wänden reihten sich Regale, gefüllt mit Flaschen in allen Formen und Farben. Der Mann drehte sich um und ich winkte ihm zu.

»Mir wurde gesagt, Sie seien ein Heiler«, sagte ich.

Der Mann erhob sich langsam und kam auf mich zu.

»Das bin ich«, erwiderte er. »Mein Name ist Altin. Wir bekommen hier nicht viele Fremde. Was führt Sie her?«

Altin war größer als ich, und sein kurzes Haar

war altersgrau. Er hatte einen langen weißen Bart, der ordentlich gestutzt war, und seine Augen waren hellgrün.

»Ich bin nur auf der Durchreise«, sagte ich. »Ich brauche etwas gegen eine Verbrennung. Haben Sie so etwas?«

»Eine Verbrennung, sagen Sie? Ja, ich glaube schon.« Er begann in seinen Regalen zu suchen, griff nach einer Flasche und reichte sie mir. »Das sollte helfen.«

Die Menge der Flüssigkeit in der Flasche schien nicht ausreichend, um Sions Verbrennung zu behandeln.

»Haben Sie mehr davon?«

»Mehr?« Altin sah verwirrt aus. »Mein Junge, das reicht, um ein ganzes Bein zu behandeln.«

»Ich brauche definitiv mehr«, sagte ich.

Seine Augenbrauen hoben sich neugierig. »Ich kann mehr herstellen, aber das wird einige Zeit in Anspruch nehmen.«

»Ich kann warten«, erwiderte ich.

»Gut. Setzen Sie sich ans Feuer.«

Ich tat, wie er sagte. Altin verschwand durch eine Tür hinter seinem Tresen und kehrte einen Moment später mit einem Tablett voller Utensilien zurück. Er stellte es auf einem Tisch nahe dem Kamin ab und zog einen Stuhl aus der Ecke heran.

»Sie sagten, Sie seien auf der Durchreise, aber Sie erwähnten nicht, wohin Sie gehen. Sind Sie ein

Flüchtling von der Grenze?«

»Nein«, sagte ich.

»Oh? Das ist interessant. Ich höre, es gäbe einen Zustrom von Flüchtlingen wegen der Angriffe.«

»Welche Angriffe?«

»Die Drachenangriffe«, erwiderte Altin.

»Moment, ich bin verwirrt. Ich dachte, nur Osnen hätte Drachen. Sagen Sie, dass Midia auch Drachen hat?«

Altin hielt in seiner Tätigkeit inne und sah mich an, Besorgnis zeichnete sich auf seinem Gesicht ab.

»Mein Junge, Sie sind *in* Midia.«

7

»Bin ich das?«

Meine Unruhe kehrte zurück. Midia war der Feind von Osnen. Es war der Ort, an dem vor zehn Jahren die Schlacht stattgefunden hatte, die meinem Vater das Leben gekostet hatte. Die Heimat des Falschen Königs, laut Maren.

»Geht es dir gut? Du siehst etwas blass aus. Ist diese Brandsalbe für dich?«

Ich schüttelte den Kopf. »Nein, mir geht's gut. Die Salbe ist für meinen Freund. Du sagtest, es gab Drachenangriffe? Osnen hat Midia angegriffen?«

»In der Tat«, sagte Altin. »Wie sie es seit Jahren tun. Woher sagtest du, kommst du?«

Ich beantwortete seine Frage nicht. Es war offensichtlich, dass er versuchte, Informationen aus mir herauszubekommen.

»Was ist in der Salbe?«, fragte ich, um das Thema zu wechseln.

»Es ist eine Mischung aus Schweinefett, Harz und Bitumen. Dein Freund ist verbrannt, ja? Wie schwer? Er braucht vielleicht mehr als nur Salbe, je nach seinen Verletzungen.«

»Nicht um unhöflich zu sein, aber das geht dich nichts an«, sagte ich.

»Verständlich«, erwiderte Altin. »Ich dachte

nur, ich könnte jemanden vorschlagen, der helfen könnte.«

Ich traue ihm nicht, hallte Sions Stimme schwach in meinem Kopf wider.

Ich war überrascht, dass sie mit mir sprechen konnte, angesichts der Entfernung zwischen uns. Zwar war ihre Stimme schwach, aber ich hörte sie trotzdem deutlich. Sie würde mich nicht hören können, wenn ich laut spräche, aber das ließ mich fragen, ob ich in der Lage wäre, in ihren Geist zu sprechen, wie sie es in meinen tat. Maren hatte gesagt, dass das möglich sei. Ich versuchte, ihr zu sagen, dass alles in Ordnung sei, aber ich wusste nicht, ob sie mich hörte. Sie antwortete nicht, falls doch.

Altin beendete das Mischen der Mixtur und füllte sie in die Flasche, bis zum Rand. Ich war zufrieden, dass es genug sein würde.

»Wie viel?«, fragte ich, nickte zur Flasche und hoffte, dass es nicht mehr war als die kümmerliche Summe, die ich in meinem Geldbeutel hatte.

»Mit dem Extra, das ich gemacht habe, werden es drei Goldstücke sein.«

Ich griff in meinen Beutel und nahm alles heraus, steckte die Silbermünze aber schnell wieder zurück. Drei Goldmünzen waren alles, was ich hatte. Ich stand vom Stuhl auf und legte die Münzen auf seinen Tisch, dann nahm ich die Flasche.

»Danke«, sagte ich.

»Kein Dank nötig, mein Junge. Ich biete nur

meine Dienste an.«

Ich verließ den Laden und mein Magen knurrte erneut, um mich daran zu erinnern, dass ich immer noch nichts gegessen hatte. Da mein letztes Geld weg war, konnte ich nichts kaufen, aber vielleicht konnte ich herausfinden, wo man am besten jagen konnte. Das gleiche Mädchen, das früher in mich hineingelaufen war, rannte vorbei, diesmal mit einem Holzschwert in der Hand.

»Mädchen!«

Sie hielt an und sah sich um, dann winkte sie, als sie mich sah.

»Ich heiße Maisie«, sagte sie.

»Danke, dass du mir vorhin geholfen hast, Maisie. Kannst du mir sagen, wo die Jäger hingehen, um Nahrung zu finden?«

Maisie sah mich verwirrt an. »Was meinst du?«

Es war möglich, dass sie nicht wusste, woher ihr Essen kam, aber sie schien alt genug zu sein, um zu wissen, dass Tiere getötet wurden, um sie zu ernähren.

»Woher kommt euer Essen?«, fragte ich.

»Die Wagen kommen wöchentlich, um es zu liefern«, antwortete sie.

»Die Leute hier jagen nicht ihr eigenes Essen?«

»Nein. Es gibt hier keine Tiere zum Jagen.«

»Wirklich? Warum nicht?«, fragte ich.

»Die Drachen und ihre Reiter haben unser Land

vergiftet«, sagte sie. »Der König schickt uns unvergiftetes Essen von seinem Schloss.«

Ich starrte sie wortlos für einen Moment an, unsicher, was ich sagen sollte. Die Drachenreiter vergifteten das Land von Midia? Das schien nicht glaubwürdig. Doch Maisie war die zweite Person, die behauptete, die Reiter würden Dinge tun, die nicht zu ihrem Charakter passten. Mit beunruhigten Gedanken verließ ich das Dorf auf dem gleichen Weg, den ich gekommen war, und machte mich wieder auf in den Wald.

Hier stimmte etwas nicht. Meister Pevus wirkte nicht wie ein Tyrann, und auch keine der Personen, die ich in der Zitadelle getroffen hatte, schien böse zu sein. Zugegeben, ich war nur kurz dort gewesen, aber die einzige bösartige Person, der ich begegnet war, war Kuratorin Josephine. Sie war eine Agentin des Falschen Königs gewesen, die für einen Mann arbeitete, der der Nekromant genannt wurde. Ich stieß einen frustrierten Seufzer aus und fand den Felsen, den ich markiert hatte, dann begann ich den Berg hinaufzusteigen. Die Flasche war nicht zu schwer, aber sie behinderte meinen Aufstieg, weil ich keinen Platz hatte, sie zu verstauen.

Als ich den Vorsprung erreichte, auf dem Sion war, hatte ich die Flasche schon mehrmals fast fallen lassen. Meine Hände waren von den Felsen, die ich als Stütze benutzt hatte, mit kleinen Schnitten übersät, und meine Kleidung war mit Erde und toten Blättern bedeckt.

»Ich bin zurück«, kündigte ich an, aber Sion war nirgends zu sehen. Sie schlief wahrscheinlich in der

Höhle, also blieb ich leise und stellte die Flasche neben dem Feuer ab, während ich meine Kleidung abklopfte. Ich wünschte, ich hätte etwas Wasser, um meine Hände zu reinigen, aber mein Hemd musste genügen.

Das Geräusch von Flügelschlägen lenkte meine Aufmerksamkeit zum Himmel, und ich sah Sions roten, schuppigen Körper, der auf den Vorsprung herabsank. Sie im Flug zu sehen, war großartig. Sie war die Verkörperung von Anmut und Schönheit.

Was guckst du so?, fragte sie, als sie landete. Staub wirbelte in die Luft und ich bedeckte mein Gesicht mit der Armbeuge.

»Nichts«, sagte ich. »Wo warst du?«

Ich war auf der Suche nach Nahrung.

»Irgendwelchen Erfolg gehabt?«

Nein. Es gibt hier nichts, nicht einmal Vögel.

»Das ist mir auch aufgefallen. Der Heiler im Dorf sagte, dass die Drachenreiter an der Grenze angreifen, und eine andere Person sagte, die Reiter hätten ihr Land vergiftet.«

Das erklärt den Mangel an Nahrung.

»Wenn es stimmt. Das ist aber nicht das, was die Drachenreiter tun.«

Das wüsste ich nicht, sagte Sion und ließ sich neben dem Feuer nieder. Die Flammen waren am Erlöschen, also legte ich mehr Holz nach.

»Ich habe auch das hier bekommen«, ich griff nach der Flasche und hielt sie ihr hin. »Es ist für deine Verbrennung.«

Wird es helfen? Mein Flügel flammt bei jeder Bewegung vor Schmerz auf. Ich war mir nicht sicher, ob ich es hierher zurückschaffen würde, bevor er versagte.

»Du hättest nicht weggehen sollen«, sagte ich. »Nicht nur wegen deiner Verletzung, sondern auch, weil wir in Midia sind. Die Menschen hier sind die Feinde von Osnen.«

Sterbliche Politik hat nichts mit mir zu tun.

»Doch, das hat sie, weil du ein Drache bist und nur Osnen Drachen hat. Du bist standardmäßig ihr Feind, und ich auch. Das bedeutet, wir sind hier nicht sicher. Je schneller wir nach Osnen zurückkehren können, desto besser.«

Sion antwortete nicht. Es war schwer, ihre Emotionen zu lesen, also war ich mir nicht sicher, wie sie über meine Worte dachte.

»Lass mich diese Salbe auf deine Verbrennung auftragen. Hoffentlich versteht der Heiler im Dorf sein Handwerk gut, und das wird dich wieder in Ordnung bringen.«

Sion senkte ihren Flügel und ich öffnete die Flasche. Der Geruch, der von ihrem Flügel ausging, ließ mich das Gesicht verziehen, also atmete ich durch den Mund, während ich die Salbe auf die Verbrennung auftrug. Sion gab einen Laut von sich, blieb aber ansonsten stoisch still. Es brauchte nur die Hälfte der Flasche, um ihre Verletzung zu bedecken, also beschloss ich, den Rest aufzuheben

und ihn nach ein oder zwei Tagen erneut
aufzutragen.

»Geht es dir gut?«, fragte ich sie, nachdem ich
fertig war.

Es lindert die Verbrennung, sagte Sion.

»Gut. Ich weiß, es gibt kein Essen, aber wir
müssen Wasser haben. Ich habe auf meinem Weg
zum Dorf vorhin keine Bäche gesehen.«

*Ich habe Wasser gesehen. Es ist weiter oben,
nahe der Bergspitze.*

»Der Spitze?« Ich blickte nach oben. Es schien
so hoch; ich war nicht sicher, ob ich es erreichen
könnte. Und wenn ich es täte, wie würde ich etwas
zurückbringen? Ich hatte nichts, um es hineinzutun,
es sei denn, ich würde die Flasche leeren, aber
selbst dann würde sie nicht viel fassen. Nicht genug,
um die Reise wert zu sein.

Ich kann den Berg erklimmen, sagte Sion, als ob
sie meine Gedanken gelesen hätte. Vielleicht hatte
sie das.

»Ich möchte nicht, dass du dich verletzt«,
erwiderte ich.

*Es wird mir gut gehen. Lass uns jetzt gehen,
damit wir vor Einbruch der Dunkelheit hierher
zurückkehren können.*

Es war noch nicht ganz Mittag, aber sie hatte
recht. Ich wollte nicht im Dunkeln den Berg
hinunterklettern. Ein Ausrutscher und das wäre das
Ende.

»Dann lass uns gehen«, sagte ich.

Trotz ihres verletzten Flügels ließ Sion den Aufstieg einfach erscheinen. Ich kämpfte den größten Teil des Weges, meine Füße rutschten von den Felsen ab und meine Muskeln brannten so heftig, dass ich sicher war, sie würden einfach aufhören zu funktionieren. Schließlich ließ Sion mich auf ihren Rücken klettern und wir kamen viel schneller voran. Wir erreichten das Wasser, das sie gesehen hatte, einige Stunden später. Es war ein flacher Teich, gespeist von einem Strom eiskalten Wassers vom Gipfel des Berges.

Die Kälte fühlte sich nach dem Aufstieg gut an, und ich trank, bis ich satt war, dann legte ich mich auf den Rücken und starrte in den Himmel. Die Wolken über mir trieben träge dahin, ihre flauschigen Umrisse nahmen allerlei fantasievolle Formen an. Alles, was ich mir von meinem Leben vorgestellt hatte, war wie ein Traum verglichen mit der Realität, in der ich mich befand. Ich hatte mir ausgemalt, ein Drachenreiter wie mein Vater zu sein, in der Zitadelle zu trainieren und dem Beispiel zu folgen, das mein Vater gesetzt hatte.

Das Einzige aus dieser Vision, das nicht tot war, war die Verbindung zu einem Drachen. Sion zu finden, war eine Überraschung gewesen, und mich mit ihr zu verbinden noch mehr. Ich sah zu ihr hinüber, wie sie sich im Teich sonnte. Wir blieben noch eine Weile dort, bevor wir uns auf den Rückweg machten. Sion bot an, uns hinunterzufliegen, aber ich lehnte ab und sagte ihr, sie müsse ihren Flügel schonen. Der Abstieg war leichter für meine Muskeln, obwohl gefährlicher als der Aufstieg.

Als wir am Felsvorsprung ankamen, stellte ich fest, dass das Feuer erloschen war. Ich entfachte es neu und blieb in seiner Nähe, um mich zu wärmen. Es war früher Abend, aber die Luft wurde bereits kalt. Es war etwas deprimierend, dass wir kein Essen gefunden hatten, aber ich konnte nichts dagegen tun. Ich hatte kein Geld und wir konnten nicht nach Osnen zurückfliegen, bis Sion geheilt war.

Sion rollte sich hinter mir zusammen und ich lehnte mich an sie. Ihre harten Schuppen waren nicht sehr bequem, aber sie strahlte einen Frieden aus, der mich beruhigte und die Probleme wegschob. Ich starrte ins Feuer, und es dauerte nicht lange, bis meine Erschöpfung siegte und ich meine Augen schloss. Ich plante nur, sie für einen Moment auszuruhen, aber das Nächste, was ich wusste, war, dass ich von einem kehligen Knurren geweckt wurde. Ich öffnete meine Augen und setzte mich auf, meine Hand ging instinktiv zum Griff meines Schwertes, das immer noch an meiner Taille geschnallt war.

»Frieden«, sagte Altin und hob seine Hände. »Ich komme in Frieden.«

»Wie hast du uns gefunden?«, fragte ich und stand auf.

»Ich bin dir gefolgt, nachdem du gestern meinen Laden verlassen hast. Ich entschuldige mich, aber ich hatte meine Vermutungen über deinen Freund.

Ich dachte, ich hätte früh am Morgen einen Drachen über mich hinwegfliegen sehen, nahm aber an, es wäre meine Einbildung gewesen, bis du auf mysteriöse Weise ankamst.«

»Warum bist du hierhergekommen?«, fragte ich. Er war älter und sah nicht bedrohlich aus, aber ich hatte gelernt, mich nicht von Erscheinungen täuschen zu lassen.

»Ich bin gekommen, um dich um deine Hilfe zu bitten.«

»Wobei?«, fragte ich.

»Dabei, unser Königreich zu retten.«

8

Ich starrte Altin an, unsicher, was er von mir erwartete, aber ich würde mich sicher nicht meinem Feind anschließen.

»Du kommst offensichtlich nicht aus Midia«, sagte Altin. »Also muss ich annehmen, dass du aus Osnen bist. Du brauchst nicht scheu zu sein, Junge. Ich werde dir nichts tun.«

Nach einem Moment des Zögerns und Sions Bestätigung, dass sie ihn nicht einen Zentimeter bewegen lassen würde, bevor sie ihn versengte, nahm ich meine Hand vom Griff meines Schwertes.

»Hast du seit deiner Ankunft gestern etwas gegessen? Wie du sicher bemerkt hast, gibt es hier keine Tiere.«

Hat er genug für mich mitgebracht? fragte Sion interessiert.

»Was willst du wirklich?« fragte ich.

»Ich habe es dir bereits gesagt. Ich will deine Hilfe.«

Ich verdrehte die Augen. »Ich bin ein Mann mit einem verletzten Drachen. Was genau könnte ich tun, um dir gegen eine Armee von Reitern zu helfen? Und warum sollte ich überhaupt?«

Altin nahm einen Sack von seiner Schulter und öffnete ihn. Er wühlte darin herum und zog dann ein Laib Brot und ein Stück Käse heraus. Mir lief bei dem Anblick des Essens das Wasser im Mund zusammen. Ich warf einen Blick auf Sion und ging dann zu Altin, um seine Gaben anzunehmen.

»Und was ist mit meinem Drachen?« fragte ich. »Ein Laib Brot wird nicht viel dazu beitragen, ihren Hunger zu stillen.«

»Ihr Futter ist unterwegs«, sagte er mit einem Lächeln.

Ich zog mich an Sions Seite zurück und aß, während ich ihn nicht aus den Augen ließ. Wenige Augenblicke später erschien das Mädchen Maisie am Rand der Klippe und führte ein Schaf an einem Seil. Beim Anblick des Drachen quiekte das Schaf und versuchte zu fliehen. Altin nahm Maisie das Seil ab und zog das Schaf mit Gewalt näher zu Sion. Bevor ich Maisie warnen konnte, nicht hinzusehen, schnappte Sion das Schaf in ihr Maul.

Ich hörte die Knochen des armen Tieres knacken, als Sion ein paar Mal kaute, dann war alles still. Maisie starrte Sion mit weit aufgerissenen Augen an, und Altin schüttelte bewundernd den Kopf, während er den Rest des Seils in der Hand hielt.

»Es ist lange her, dass ich einen Drachen aus der Nähe gesehen habe«, sagte Altin leise.

Das machte mich neugierig. »Was meinst du damit?«

»Hm? Oh, ich habe seit Jahren keinen Drachen mehr aus der Nähe gesehen. Nicht seit dem Krieg gegen Osnen. Zum Glück sehe ich sie heutzutage nur noch aus der Ferne, aber es sind wunderschöne Geschöpfe.«

Ich spürte Sions Freude über sein Kompliment.

»Ich sehe, die Salbe hat bei der Verbrennung geholfen«, fügte Altin hinzu.

Ich drehte mich um, um selbst nachzusehen, und war überrascht festzustellen, dass er Recht hatte. Der große schwarze Fleck war kleiner geworden, und der Riss darin war verkrustet.

Der Schmerz ist fast weg, sagte Sion.

»Gut«, erwiderte ich. Ich sprach zu Sion, aber Altin nickte, als würde ich mit ihm reden.

»Ja, sehr gut. Was weißt du über die Drachenreiter in Osnen?« fragte Altin.

»Ich weiß, dass sie weder das Land vergiften noch unschuldige Menschen töten«, sagte ich. »Sie kämpfen gegen die Dunkelheit und verteidigen die Hilflosen.«

Altin lachte. »Das dachte ich mir, dass du das sagen würdest. Siehst du, mein Junge, all das ist nur das, was sie dich glauben lassen wollen. Sie unterdrücken die Menschen in Midia schon seit langer Zeit.«

»Ich glaube dir nicht.«

»Ob du mir glaubst oder nicht, spielt keine Rolle. Alles, was zählt, ist die Wahrheit. Und ich kann dir die Wahrheit zeigen, wenn du bereit bist, sie zu sehen.«

»Ich werde deinen Lügen nicht zuhören«, sagte

ich. »Ich war in der Zitadelle. Ich weiß, wofür die Reiter stehen.«

»Ach, wirklich?« Altins Lächeln verschwand. »Also hast du gesehen, wie Drachen Feuer und Blitze auf unschuldige Menschen herabregnen lassen? Menschen, die nichts anderes getan haben, als ein friedliches Leben zu führen. Hast du gesehen, wie ihre Reiter Menschen niedermetzeln, die versuchen, auf ihren Bauernhöfen ihren Lebensunterhalt zu verdienen?«

Ich wollte ihm nicht glauben, aber der Ton seiner Stimme und die Leidenschaft hinter seinen Worten ließen mich an dem zweifeln, was ich wirklich über die Reiter wusste. Ich gab mein Bestes, um meinen Zweifel nicht in meinem Gesicht zu zeigen.

»Ich habe diese Dinge gesehen, mein Junge. Und glaub mir, wenn ich sage, dass ich es leid bin, die Gräueltaten zu sehen, die an meinen Landsleuten begangen werden. Ich bin ein alter Mann, der nichts vom Krieg versteht, aber ich weiß etwas über Recht und Unrecht. Und was die Drachen und ihre Reiter tun, ist mehr als falsch. Es ist böse.«

Ich sah zu Sion und wünschte, ich könnte mit ihr kommunizieren, um zu sehen, was sie von seinen Worten hielt. Sie muss einen Teil dessen gespürt haben, was ich sagen wollte, denn sie drehte ihren Kopf zu mir.

Glaubst du ihm? fragte sie.

»Ich weiß es nicht«, flüsterte ich.

Dann gibt es nur eine Wahl für uns.

»Was?«

Wir müssen die Wahrheit sehen.

Ich schwieg einen Moment. Sie hatte natürlich Recht. Der einzige Weg, um herauszufinden, ob er die Wahrheit sagte, war, es selbst zu sehen. Was das bedeutete, wusste ich nicht.

»Zeig es uns«, sagte ich.

»Es wird einen ganzen Tag Reise erfordern, nahe der Grenze«, sagte Altin. »Und es wird gefährlich sein. Die Reiter haben ihre jüngsten Angriffe dort konzentriert.«

»Das wird nicht funktionieren«, sagte ich. »Sie kann mit ihrer Verletzung nicht fliegen.« Natürlich log ich, aber das brauchte er nicht zu wissen.

Ich kann fliegen, sagte Sion zu mir. Sie breitete ihre Flügel weit aus. *Ja, die Salbe hat meinem Körper sehr geholfen zu heilen. Fliegen wird kein Problem sein.*

»Vergiss, was ich gesagt habe«, sagte ich. »Sie sagt, deine Salbe hat geholfen.«

»Ausgezeichnet«, sagte Altin. Er wandte sich an Maisie. »Geh und mach mein Reittier bereit.« Das Mädchen ging, um zu gehorchen.

»Du wirst auf einem Pferd reiten, während ich fliege?« fragte ich.

»Sei nicht albern, mein Junge. Natürlich nicht. Ich werde auch fliegen.«

Ich tauschte Blicke mit Sion aus. War es möglich, dass er einen Drachen hatte? Es schien unwahrscheinlich, aber ich hatte in den letzten Tagen viele Überraschungen erlebt. Ich zuckte Sion gegenüber mit den Schultern.

»Darf ich auf ihrem Rücken reiten, um ins Dorf hinunterzukommen?« fragte Altin.

Sion knurrte zur Antwort.

»Ich dachte mir schon«, sagte Altin lächelnd. »Es schadet nie zu fragen.«

Das könnte es durchaus, sagte Sion. Ich grinste sie an.

»Wir treffen euch unten«, sagte ich.

Altin nickte und ging. Ich lief zum Ende des Felsvorsprungs und beobachtete, bis er weit genug weg war, dass er mich nicht mehr hören konnte. Dann wandte ich mich Sion zu.

»Ich war in der Zitadelle. Die Leute dort würden niemals solche Dinge tun, wie er behauptet.«

Sion betrachtete mich nachdenklich, bevor sie antwortete. *Was denkst du über die Menschen, vor denen wir in der Wüste geflohen sind?*

»Ich weiß nicht viel über Rory, aber Geoff und Vance waren nett zu mir.«

Und was ist mit dem Zauberer?

Ich zuckte mit den Schultern. »Er schien auch nett zu sein, aber ich kannte ihn auch nicht wirklich.«

Er hat mich mit seiner Magie gefoltert. Ich wurde aus meinem Nest gestohlen, bevor ich fliegen konnte, und an einen Ort gebracht, wo andere meiner Art das 'Training', das sie anboten, nicht immer überlebten. Du sagst, er schien nett zu sein, aber ich weiß, dass er es nicht war. Die Art, wie wir Dinge wahrnehmen, entspricht nicht immer der Realität.

Sion hatte einen guten Punkt. Vielleicht gab es mehr über die Machenschaften der Zitadelle und der Reiter, von dem ich nichts wusste. Wenn sie tatsächlich die Dinge taten, die Altin behauptete, was konnten Sion und ich dagegen tun? Wir waren erst seit Kurzem verbunden, und ich war nicht darin ausgebildet, vom Rücken eines Drachen aus zu kämpfen. Es wäre ein Gemetzel, das nur darauf wartete zu geschehen. Und dennoch ... ich konnte nicht zulassen, dass sie mit dem Mord an unschuldigen Menschen davonkamen.

Nach einer Stunde löschte ich das Feuer und kletterte auf Sions Rücken. Ich setzte mich an dieselbe Stelle wie bei unserem Flug aus der Wüste. Sion sprang vom Felsvorsprung und schlug mit ihren mächtigen Flügeln, wobei sie uns langsam nach unten brachte. Sie flog über die Bäume und kreiste um das Dorf, bis sie eine Stelle fand, die frei von Bäumen war. Dort landete sie viel eleganter als auf dem Felsvorsprung.

Maisie und Altin kamen uns entgegen, und Maisie zog wieder ein Tier an einem Seil hinter sich her. Nur war dieses Tier dem Schaf überhaupt nicht ähnlich. Es sah furchterregend aus. Die Kreatur hatte den Kopf und die Flügel eines Vogels und den Körper einer großen Bergkatze. Ihr gekrümmter Schnabel war mehrere Zentimeter lang und sah so scharf aus wie Sions Klauen.

»Was ist das für ein Ding?«, fragte ich.

»Du hast noch nie einen Greif gesehen?«, sagte Altin.

»Nie«, antwortete ich kopfschüttelnd. »Es sieht aus, als hätte jemand mit Magie zwei verschiedene Tiere zusammengesetzt.«

»Das ist eine gute Theorie, aber niemand weiß wirklich, wie sie entstanden sind. Sie sind kluge Bestien und stehen den Drachen in ihrer Wildheit im Kampf in nichts nach. Sie sind einer der Gründe, warum die Drachenreiter Midia noch nicht vollständig ausgelöscht haben.«

»Was sind die anderen Gründe?«, fragte ich.

»Das wirst du bald herausfinden«, antwortete Altin.

»Wohin gehen wir überhaupt?«

»Zu einem legendären Ort. Es ist der Sitz des Königs von Midia, wo wir die Drachenreiter in den letzten zehn Jahren zurückgehalten haben.«

»Wie heißt er?«, fragte ich.

»Araphel. Es bedeutet Ort des Feuers und der Dunkelheit.«

9

Araphel war eine Burg, die auf dem Gipfel eines erloschenen Vulkans erbaut worden war.

Als wir sie in Sichtweite bekamen, konnte ich Greifen, ähnlich wie Altin, sehen, die am Himmel über der Festung patrouillierten, und massive Katapulte und Ballisten, die ordentlich außerhalb der Burgmauern aufgereiht waren. Eine Gruppe von Greifen erhob sich aus dem Innenhof in die Luft und flog auf uns zu.

Obwohl Altin den Weg anführte, hatte Sion versucht, an diesem Greif vorbeizurasen, nur um zu beweisen, dass sie das schnellere Reittier war, aber der Greif distanzierte sie mit Leichtigkeit. Schließlich wurde ihr der Versuch langweilig und der Rest der Reise verlief ereignislos. Ich war froh zu sehen, dass Sions Flügel größtenteils geheilt war. Der Gedanke, eine Woche lang in dieser Höhle ohne Nahrung und ohne einfachen Zugang zu Wasser bleiben zu müssen, war für mich nicht gerade aufregend gewesen.

Altin hob eine Hand und flog voraus, um die sich nähernde Gruppe zu treffen. Sion verlangsamte und schwebte an Ort und Stelle, ihre Flügel die Luft tretend wie eine Person im Wasser. Ich beobachtete, wie Altin sich mit den anderen unterhielt, konnte aber nicht hören, was gesagt wurde. Schließlich flog Altin zurück und die anderen kehrten zur Burg zurück.

»Folgt mir!«, rief Altin.

Er drehte sich um und flog in Richtung der Burg. Sion folgte ihm und wir sanken langsam herab, landeten sanft im großen offenen Innenhof. Die Greifen und Wachen hielten Abstand zu Sion und schienen angespannt. Ich stieg von Sions Schulter ab und spürte, wie das Blut wieder in meine Gliedmaßen floss. Ich brauchte einen Sattel für sie, aber bis ich etwas Gold verdient hatte, musste ich wohl mit dem Unbehagen leben.

»Du sagtest, du würdest mir die Wahrheit zeigen«, sagte ich, als Altin zu mir kam. »Alles, was ich sehe, ist eine Festung, die für den Krieg bereit ist.«

»Dies ist unsere letzte Verteidigungslinie«, erwiderte Altin. »Aber das ist nicht das, was ich dir zeigen wollte. Wir werden eine der Städte besuchen, die kürzlich angegriffen wurde. Dein Drache wird hier bleiben müssen.«

»Auf keinen Fall«, sagte ich.

»Bitte«, sagte Altin und senkte seine Stimme. »Die Menschen wurden gerade von Drachen angegriffen. Es würde nur zu ihrer Beunruhigung beitragen, wenn sie sie über ihren Köpfen fliegen sähen.«

Es gefiel mir nicht, aber ich konnte seinen Standpunkt verstehen. Ich sah fragend zu Sion zurück.

Geh, sagte sie. *Ich komme schon klar.*

»In Ordnung«, sagte ich zu Altin. Ich biss mir

auf die Unterlippe, als ich ihm aus dem Innenhof zu den Belagerungswaffen folgte und hoffte, keinen Fehler zu machen. Ich tröstete mich mit dem Wissen, dass Sion ihre Burg zerstören würde, um zu mir zu gelangen, falls Altin etwas versuchen sollte.

Wir gingen an den Reihen von Ballisten vorbei zu der Stelle, wo der flache Gipfel des Berges in zerklüftete, felsige Klippen überging. Altin zeigte mit dem Finger. Zuerst sah ich nichts. Ich suchte das Tal unter uns ab, wusste aber nicht einmal, wonach ich Ausschau halten sollte. Und dann fiel mir eine Rauchsäule auf. Und noch eine. Und noch eine.

»Diese Stadt wurde gestern Morgen angegriffen«, sagte Altin. »Und trotzdem schwelt das Drachenfeuer noch immer in der Stadt.«

»Das beweist nichts von dem, was du gesagt hast«, erwiderte ich.

Altin blieb stumm, während er nach vorne starrte. »Ich wollte nicht, dass du es aus der Nähe sehen musst, aber ich nehme an, das ist der einzige Weg, wie du es glauben wirst.« Er ging zurück zur Burg und ich folgte ihm. Altin bat einen der Wachen, einen Wagen vorzubereiten. Ich staunte über die Größe der Kriegsmaschinen, während wir warteten. Sie waren viel größer, als sie von oben erschienen waren. Als der Wagen bereit war, stiegen Altin und ich ein und der Fahrer lenkte die Pferde aus den Burgmauern und die lange, gewundene Straße hinunter, die ins Tal führte.

Ich roch den Rauch lange bevor wir in die Nähe

der Stadt kamen. Ascheflocken trieben durch die Luft. Altin hielt seinen Blick aus dem Fenster gerichtet, zurück in die Richtung, aus der wir gekommen waren. Ich hatte schon ein paar Kämpfe erlebt, hauptsächlich mit den Raufbolden, die sich über meinen Arm lustig machten, aber nichts davon hatte mich auf die Anblicke und Geräusche der verwüsteten Stadt vorbereitet.

Die Schreie der Verwundeten erfüllten die Luft, vermischt mit Kindern, die nach ihren Eltern riefen. Gebäude waren komplett eingestürzt, nichts mehr als zerbröckelte Haufen aus Stein und Holz. Menschen wanderten durch die Ruinen, ihre Kleidung zerfetzt und mit Asche bedeckt, ihre Gesichter blutig. Hier und da sah ich Soldaten, die in den Trümmern gruben. Ich schluckte hart und kämpfte gegen die Tränen an, die zu überwältigen drohten. Das war ein Albtraum. Wie konnten die Reiter so etwas tun? Ich räusperte mich und Altin sah mich an.

»Gefällt dir nicht, was du siehst, mein Junge?«

»Nein«, sagte ich leise. Und das tat es nicht. Es war herzzerreißend.

»Wirst du uns dann helfen?«

»Was kann ich schon tun? Wie ich dir schon sagte, ich bin ein einzelner Mann. Ich bin nicht einmal offiziell als Drachenreiter ausgebildet. S-« Ich wollte fast ihren Namen benutzen, hielt mich aber zurück. »Mein Drache und ich wären in der Unterzahl und überwältigt.«

»Allein deine Anwesenheit würde die Moral

unserer Soldaten stärken. Greifen sind grimmige Kämpfer, aber es gibt nur so viel, was sie gegen Drachen ausrichten können. Einen Drachen auf unserer Seite zu haben, wäre eine enorme Hilfe.«

Mir fiel auf, dass Altin ein einfacher Heiler aus einem kleinen Dorf zu sein schien, oder zumindest hatte er diesen Eindruck erweckt. Doch er sprach, als wäre er hier an der Kampffront und kämpfte mit der Armee des Königs gegen die Drachenreiter.

»Wer bist du?«, fragte ich plötzlich.

»Was meinst du?«

»Da steckt mehr hinter dir, als man auf den ersten Blick sieht«, erwiderte ich. »Ich dachte, du wärst ein Heiler, aber du hast eine Menge Wissen über Dinge, die ein normaler Heiler nicht wissen würde.«

Er lächelte. »Du bist ein aufmerksamer Bursche, mein Junge. Und du liegst nicht falsch, zumindest nicht ganz. Ich bin von Beruf ein einfacher Heiler. Ich habe meinen Sohn vor zehn Jahren während des Krieges verloren. Er und sein Greif wurden vom Himmel versengt durch Drachenfeuer. Damals war ich naiv, was die Ereignisse betraf, die sich abspielten. Ich trauerte um den Tod meines Sohnes, aber ich redete mir auch ein, er hätte diesen Tod selbst herbeigeführt, indem er sich dem Kampf anschloss.«

Altin klopfte an die Wand und der Fahrer wendete den Wagen und brachte uns zurück in Richtung der Burg.

»Als die Angriffe weitergingen und mehr meiner Freunde und ihre Familienmitglieder getötet wurden, konnte ich nicht mehr tatenlos zusehen. Ich suchte ein Treffen mit dem König und bot ihm meine Dienste an, wie auch immer er sie brauchte.«

»Also gab er einem Heiler ein Schwert in die Hand?«, fragte ich skeptisch.

»Nein. Bevor ich Heiler war, war ich Krieger. In meinen jüngeren Jahren reiste ich als Söldner.«

»Ein Söldner?«

»Ja«, erwiderte Altin. »Dann traf ich eine wunderschöne Frau, die meine Ehefrau wurde, und ich legte mein Schwert beiseite und ließ mich nieder. Und jetzt führe ich einige der Männer des Königs, wenn er mich braucht. Ich bekam ein paar Tage frei, weg vom Schloss, und deshalb hast du mich in meinem Laden gefunden.«

»Das war wohl glückliches Timing«, sagte ich.

»Mein Junge, in meinem Buch gibt es so etwas wie Glück nicht. Alles wird vom Schicksal orchestriert. Es war vorherbestimmt, dass du durch diesen Teil von Midia kommen würdest, als ich dort war. Alles führt zu etwas, ob wir es nun sehen oder wissen. Oder ob nicht.«

»Mag sein.« Ich war mir nicht sicher, ob ich seiner Logik zustimmte, aber ich hatte keine Lust zu streiten. »Ich verstehe immer noch nicht, wie ich helfen könnte. Und außerdem müsste ich erst meine Drachendame fragen, ob sie helfen möchte.«

»Wenn deine Drachendame einverstanden ist,

wirst du dann helfen?«

Würde ich? Ich wusste, dass die Gräueltat, die ich gesehen hatte, etwas war, das ich nie wieder sehen wollte, aber selbst wenn Sion zustimmen würde zu helfen, könnten wir nichts tun, um das Blatt zu wenden. Unsere Verbindung war neu, und wir lernten uns noch kennen. Ich wusste, wie man mit einer Klinge umgeht, aber ich war kein Soldat. Und ich wusste auch nicht, wie viel Sion über Schlachten wusste.

»Ich brauche etwas Zeit, um darüber nachzudenken. Ich fühle mich in meinen Fähigkeiten nicht sicher, und ich möchte die Lage für deine Leute nicht noch verschlimmern, indem ich etwas vermassele.«

Altin nickte. »Ich verstehe dein Zögern und deine Angst. Was würdest du sagen, wenn ich dir erzähle, dass es hier jemanden gibt, der dir beim Training helfen könnte?«

»Mich worin trainieren?«

»Darin, eure Verbindung zu stärken.«

10

Nach unserer Rückkehr aus der zerstörten Stadt entdeckte ich, dass außerhalb der südlichen Burgmauer ein großes Zelt errichtet worden war. Sion knabberte vergnügt an Schafen und summte vor Vergnügen. Als ich sah, dass für sie gut gesorgt war, folgte ich Altin in die Burg. Er führte mich in ein prächtiges Zimmer, wo ich baden und mich umziehen konnte. Dann aß ich eine Mahlzeit, die mich an das Essen in der Zitadelle erinnerte.

Nachdem Altin und ich mit dem Essen fertig waren, brachte er mich in einen anderen Raum, der wesentlich schlichter eingerichtet war. Er enthielt einen Tisch und zwei Stühle und wurde von einer schwebenden Lichtkugel erhellt. Ich erkannte sofort das Produkt der Magie und fragte mich, wie unterschiedlich ihre Zauberer von denen Osnens waren. Der Raum war offensichtlich lange nicht benutzt worden, da eine Staubschicht die Tischoberfläche bedeckte.

»Ich werde Sie jetzt verlassen, aber ... Esmond wird in Kürze hier sein.«

»Danke.«

Altin verließ den Raum und ich war allein mit meinen Gedanken. Wie konnten sie jemanden haben, der mich darin ausbilden konnte, die Verbindung zwischen Sion und mir zu stärken? War es jemand, der von Osnen übergelaufen war?

Vielleicht hatte diese Person ähnliche Gemetzel gesehen wie ich gerade und war gegangen. Oder hatten Altins Männer die Person gefangen genommen? Ich würde bald meine Antworten bekommen.

Ich fuhr mit dem Finger durch den Staub und zeichnete eine schreckliche Skizze eines Drachen mit ausgebreiteten Flügeln. Ich zuckte zusammen, als sich die Tür öffnete und der Mann, den ich für Esmond hielt, hereinkam. Er sah aus wie eine wandelnde Leiche. Seine Haut war blass und hing wie ein Laken an seinen Knochen, und er hatte überhaupt keine Haare auf dem Kopf. Das Einzige, was an dem Mann lebendig wirkte, waren seine Augen. Sie waren eisblau und standen in starkem Kontrast zum Rest seines Gesichts.

»Eldwin?«, fragte der Mann mit trockener, flüsternder Stimme.

»Ja«, antwortete ich. »Und Sie sind Esmond?«

»So nennen sie mich«, sagte Esmond. Er schlurfte langsam zum Tisch und setzte sich auf den Stuhl mir gegenüber. Er saß unbeholfen, als wäre er es nicht gewohnt, in einer sitzenden Position zu sein. Ich fand ihn seltsam, aber vielleicht lag es nur an seinem Alter.

»Sie haben sich mit einem Drachen verbunden?«

»Ja«, antwortete ich.

Esmond versuchte zu lächeln, aber es sah beunruhigend an ihm aus.

»Ich erinnere mich an meinen Drachen«, sagte er. »Es ist so lange her, ich erinnere mich nicht mehr an seinen Namen, aber ich weiß noch, wie er aussah. Er war lang«, der Mann hielt seine Hände auseinander, um seine Worte zu unterstreichen, »und er hatte die dunkelsten blauen Schuppen, die ich je bei einem Blauen gesehen habe.«

»Was ist mit Ihrem Drachen passiert?«, fragte ich.

»Er ist gestorben«, Esmonds Lächeln verschwand abrupt.

»Das tut mir leid zu hören. Wie sind Sie hier in Midia gelandet?«

Esmond blinzelte träge, seine Augen glasten kurz über. Ich nahm an, er versuchte, die Tränen bei der Erinnerung an seinen Drachen zurückzuhalten.

»Ich erinnere mich nicht ...«, seine Stimme klang überirdisch. Ein Schauer lief mir über den Rücken. Esmond war mehr als nur seltsam, aber ich konnte nicht herausfinden, was mit ihm nicht stimmte. Ein langer Seufzer entfuhr seinen Lippen und dann straffte er seine Haltung.

»Verzeihen Sie«, sagte er, seine Stimme kräftiger. »Ich bin in letzter Zeit krank gewesen, und Momente der Schwäche überkommen mich sporadisch. Was haben Sie gesagt?«

Seine plötzliche Veränderung verwirrte mich. »Wir sprachen über Ihren Drachen«, sagte ich. »Und ... ich habe vergessen, was ich gefragt habe.«

»Ja, ja. Mein Drache. Er war ein prächtiges

Geschöpf. Ich denke, wir werden uns eines Tages bald wiedersehen.«

»Tötet Sie Ihre Krankheit?«, fragte ich.

»Gewissermaßen. Aber lassen Sie uns nicht bei solchen Dingen verweilen. Altin sagt mir, Sie brauchen Hilfe mit Ihrer Verbindung.«

»Ja. Ich wurde nicht in der Zitadelle ausgebildet, und mein Wissen über Drachen ist begrenzt. Wir versuchen beide einfach, einander zu verstehen.«

Esmond hob die Hand und fuhr vor und zurück über seinen kahlen Kopf. »Eine Verbindung erfordert Arbeit, ähnlich wie eine Beziehung zu einer Person. Können Sie telepathisch kommunizieren?«

»Sie kann es, aber ich weiß nicht wie.«

»Schließen Sie die Augen.«

Ich tat, worum er mich bat.

»Suchen Sie nun in sich selbst und finden Sie die Verbindung. Sobald Sie sie gefunden haben, heben Sie Ihre Hand.«

Das war leichter gesagt als getan. Nach einer gefühlten Ewigkeit spürte ich die Verbindung in meinem Geist. Sie zeigte sich in meinem geistigen Auge als eine rote Kugel, die intermittierend pulsierte. Ich hob meine Hand, behielt aber meinen Fokus auf der Verbindung.

»Gut«, sagte Esmond. »Stellen Sie sich nun vor, dass Ihr Drache dort ist.«

Ich nickte.

»Sprechen Sie mit ihr.«

Sion?

Ein verwirrender Wirbel von Emotionen und Gefühlen stürzte aus der Verbindung auf mich ein, aber dann beruhigte sich alles.

Du bist in meinem Geist, sagte Sion.

Du kannst mich hören?, fragte ich aufgeregt.

Ja.

Ich öffnete meine Augen. »Es hat funktioniert!«

»Sie sind ein schneller Lerner«, sagte Esmond. »Anfangs werden Sie sich konzentrieren müssen, um durch die Verbindung zu sprechen, aber je öfter Sie es tun, desto leichter wird es werden. Schließlich wird es für Sie zur zweiten Natur werden.«

»Was ist mit dem Schließen der Verbindung?«, fragte ich. »Gibt es eine Möglichkeit, ihre Emotionen zu blockieren? Manchmal überfordert sie mich.«

»Ja, natürlich. Die meisten Drachen lernen voneinander, wie sie die Verbindung navigieren, aber Sie erwähnten, dass Sie nicht in der Zitadelle ausgebildet wurden. Stammt Ihr Drache aus der Zitadelle?«

»Nein, tut sie nicht.«

»Interessant. Wo haben Sie sie gefunden?«

Ich erinnerte mich an die Angst, die Rory und

Vance bezüglich des Mannes hatten, der Sion gekauft hatte. Sie fürchteten, er würde sie töten, wenn er herausfände, dass sein Drache verschwunden war. Ich zögerte zu erzählen, wie ich sie gefunden hatte, also antwortete ich stattdessen, wo ich sie gefunden hatte.

»In der Wüste«, sagte ich. »Wir haben uns gegenseitig gerettet.«

»Eine Verbindung aus Notwendigkeit«, sagte Esmond. »Eine der stärksten.«

Das hatte ich vorher nicht bedacht, aber jetzt, da Esmond es sagte, nahm ich an, es war tatsächlich eine Verbindung aus Notwendigkeit. Sion brauchte ihre Freiheit, und ich brauchte etwas, das mir einen Sinn gab. Wir verbrachten die nächsten paar Stunden mit mentalen Übungen, von denen die meisten dazu dienten, meine Kommunikation mit Sion zu stärken.

Esmond lehrte mich, dass ich nicht nur mit Worten sprechen musste, sondern auch meine Emotionen auf eine klare, nicht überwältigende Weise vermitteln konnte. Und mit viel Konzentration konnte ich sogar Bilder projizieren. Esmond sagte, Sion könne dieselben Dinge tun, aber ohne einen anderen Drachen, der sie unterrichtete, wäre es für sie viel schwieriger, diese Fähigkeiten zu meistern.

»Es gibt Reiter, die auch Erinnerungen auf ihre Drachen projizieren können, aber das zu meistern dauert Jahrzehnte.«

»Ich frage mich, ob mein Vater je gelernt hat,

das zu tun«, platzte es aus mir heraus, bevor ich mich bremsen konnte.

»Dein Vater war ein Reiter?«

»Ja«, sagte ich. »Er starb vor zehn Jahren, in der Schlacht gegen den Falschen König.« Ich fand, dass es einige Dinge gab, die ich nicht verheimlichen musste. Der Mann hatte mir in so kurzer Zeit schon so viel beigebracht, da war es das Mindeste, wenigstens teilweise ehrlich zu sein.

Esmond beugte sich über den Tisch. »Wie war sein Name?«

Sein plötzliches Interesse war merkwürdig, aber ich antwortete trotzdem. »Matthias Baines. In Osnen sagen alle, er war ein Held.«

Esmond lehnte sich zurück und seine Augen wurden wieder glasig. »Ja ... er opferte sich, um den Krieg zu beenden ...«

Ich runzelte die Stirn. »Geht es Ihnen gut?«, fragte ich.

»Ich glaube, ich muss mich ausruhen«, erwiderte er. Er schloss für einen Moment die Augen, dann stand er unsicher auf. Ich erhob mich und eilte um den Tisch herum, legte seinen Arm über meine Schulter und half ihm zur Tür zu gehen. Ich öffnete sie und unterstützte Esmond beim Gang den Flur entlang.

»Du bist ein guter Mann ... Eldwin. Es ist ... schön ... das zu sehen.« Er klang außer Atem, als hätte er eine Treppe erklommen oder wäre gesprintet. Er hatte erwähnt, dass er krank sei, vielleicht raubte ihm das, woran er litt, die Kraft oder beeinträchtigte seine Lunge.

»Wo ist Ihre Kammer? Ich helfe Ihnen, zu Ihrem Bett zu kommen«, bot ich an.

»Nein ... ich kann ... es ... selbst ... schaffen.«

»Mit allem Respekt, aber ich glaube nicht, dass Sie das können«, sagte ich.

Esmond blieb stehen. Er holte tief Luft und seine Kraft kehrte zurück. Er nahm seinen Arm von meiner Schulter und stand aufrecht. »Geh und finde Altin. Morgen werden wir besprechen, wie man vom Rücken deines Drachen aus kämpft.«

»Ich hoffe, Sie fühlen sich bald besser«, sagte ich. Esmond ging den Flur hinunter und verschwand um eine Ecke. Ich hatte keine Ahnung, wo ich Altin finden sollte, also wanderte ich durch die Gänge, bis ich einen Wachmann fand und ihn um Hilfe bat. Er begleitete mich zu einem großen Speisesaal, wo Altin Karten studierte. Drei uniformierte Soldaten waren bei ihm und unterhielten sich leise.

»Eldwin, mein Junge«, begrüßte mich Altin, als er mich sah. »Ist alles in Ordnung?«

Ich nickte. »Esmond sagte, er müsse sich ausruhen und wir würden uns morgen wieder treffen.«

»Ah, alles klar. Das Abendessen wird bald serviert, wenn du Hunger hast. Du kannst dich bis dahin auf dein Zimmer zurückziehen oder deinen Drachen besuchen.«

»Was machen Sie da?«, fragte ich neugierig.

»Wir planen, wie wir die Burg am besten verteidigen können.«

»Gegen Drachen?«, fragte ich.

»Drachen und die Invasionsarmee, die auf uns zukommt.«

»Osnen fällt in Midia ein?«

»So scheint es, laut unseren Spionen.«

»Das übersteigt meine Erfahrung, also denke ich, ich gehe einfach auf mein Zimmer«, sagte ich. Altin nickte und wandte sich wieder seinem Gespräch mit den Soldaten zu. Ich verließ den Raum und hielt im Flur inne. Irgendetwas an Esmond störte mich. Ich sah mich um. Es waren keine Wachen in der Nähe, also ging ich den Weg zurück, den ich gekommen war, fand den Raum, in dem Esmond und ich gesprochen hatten, und ging dann daran vorbei um die Ecke, hinter der Esmond verschwunden war.

Es war ein weiterer langer Flur. Mehrere Türen befanden sich auf der linken Seite, und ein kurzes Drehen an den Griffen zeigte, dass sie alle verschlossen waren. Am Ende des Flurs war eine weitere Tür. Ich versuchte den Griff. Sie war unverschlossen. Ich öffnete die Tür einen Spalt und spähte hinein, da ich Esmond nicht wecken wollte, falls er eingeschlafen war.

Stattdessen sah ich einen Raum, der mich an das Büro eines Kurators in der Zitadelle erinnerte. Es gab einen großen Schreibtisch, auf dem Bücher wild durcheinander gestapelt waren. Eine Glasflasche stand neben den Büchern, in der eine grün leuchtende Flüssigkeit blubberte. Ich war gerade dabei, hineinzugehen und mich umzusehen, als eine Hand meine Schulter berührte und mich erschreckte.

»Hast du dich verlaufen?«, fragte ein Wachmann.

»Entschuldigung«, sagte ich und schluckte schwer. »Ja, ich bin falsch abgebogen und konnte niemanden finden, der mich zurechtweisen konnte.«

»Folge mir.«

Der Wachmann führte mich zurück in das prächtige Zimmer, und ich setzte mich auf das Bett, während ich versuchte herauszufinden, warum mir Esmonds eindringliche blaue Augen so vertraut vorkamen.

11

Eine unsichtbare Kraft hielt mich am Boden fest, unfähig mich zu bewegen. Ich wand mich unbehaglich, aber es gab kein Entkommen. Irgendetwas sagte mir, dass es Magie war, ein Zauber, der meine Bewegungen hemmen sollte. Ich knurrte, als ich dagegen ankämpfte, aber es war zwecklos.

»Es wird den doppelten Preis bringen«, sagte eine vertraute Stimme. Ich blickte auf und sah Rory. Er schaute auf mich herab, Gier in seinen Augen. Wie hatten sie mich gefunden? Und von welchem Preis sprach er? Gab es ein Kopfgeld auf mich? Ich versuchte zu fordern, dass er mich gehen lässt, aber mein Mund bewegte sich nicht.

»Ja, die Jüngeren werden immer bevorzugt. Wenn sie älter sind, sind sie nicht mehr so gehorsam. Es dauert länger, sie zu trainieren.« Es war Rorys Zauberer.

Was sie sagten, ergab keinen Sinn. Ich konnte meinen Kopf nicht bewegen, aber meine Augen waren frei von dem Zauber. Ich blickte nach unten und starrte schockiert darauf, wo mein Arm hätte sein sollen, stattdessen war da ein roter Flügel. Panik stieg in mir auf, wurde aber schnell durch Ärger ersetzt, als zwei Männer mit Piken begannen, in meine Seiten zu stechen.

Ich würde sie verbrennen und ihre Leichen

verschlingen. Moment mal, was? Woher kam das denn? Ich knurrte erneut und versuchte, Feuer aus meinem Kiefer zu speien, aber nichts geschah. Mein Herz hämmerte in meiner Brust und Angst wühlte in meinem Bauch. Was würden sie mit mir machen?

Ein Klopfgeräusch weckte mich und ich schaute mich verwirrt um. Ich überprüfte meinen Arm und atmete erleichtert auf, als ich sah, dass es tatsächlich ein Arm war. Die Erinnerung an die Ereignisse des Vortages driftete durch den Nebel meiner Schläfrigkeit und erinnerte mich daran, wo ich war. Das Klopfen ertönte erneut und ich kletterte aus dem Bett und öffnete die Tür. Esmond stand da und sah viel gesünder aus als gestern.

»Bist du bereit für dein Training?«, fragte er.

Ich rieb mir den Schlaf aus den Augen und bedeckte meinen Mund, als ich gähnte. »Noch nicht ganz. Ich brauche einen Moment, um wach zu werden.«

»In Ordnung. Ich treffe dich draußen. Das Frühstück wurde auf einem Tisch im Innenhof angerichtet.«

»Danke.«

Esmond ging und ich schloss die Tür, dann wusch ich mein Gesicht und zog meine Stiefel an. Ich dachte über den Traum nach, den ich hatte, und fragte mich, was er bedeutete. Mit der Technik, die Esmond mir am Tag zuvor beigebracht hatte, fand ich die Verbindung und erreichte Sion.

Sion?

Ich bin hier, antwortete sie.

Ich hatte einen Traum, dass ich bei Rory und seinem Zauberer war. Sie hatten mich an Ort und Stelle eingefroren. Und ich war nicht ich. Also, ich war es schon, aber ich hatte Flügel.

Verzeih mir, sagte Sion. *Das war eine Erinnerung, in die ich hineingerutscht bin. Ich wusste nicht, dass sie durch die Verbindung übertragen würde.*

Eine Erinnerung? War das, als Rorys Zauberer dich gefoltert hat?

Ja, eines von vielen Malen.

Wut brannte in mir. Wenn ich Rory jemals wiedersehen würde, oder seinen Zauberer, würde ich ...

Nein, sagte Sion. *Die Rache gehört mir.*

Einverstanden.

Ich hielt inne, als mir klar wurde, dass Sion meine Gedanken gehört hatte, obwohl ich sie nicht an sie gerichtet hatte. Es schien, als würde unsere Verbindung von Tag zu Tag stärker werden.

Als ich mein Zimmer verließ, wartete ein Wachmann auf mich. Er begleitete mich durch das Schloss und hinaus in den Innenhof. Ich vermutete, dass meine Neugier letzte Nacht jemanden nervös gemacht hatte, denn wir passierten mehrere Wachen an verschiedenen Stellen auf dem Weg, die gestern nicht da gewesen waren. Ein Pavillon war über einem langen Tisch errichtet worden, der mit Essen bedeckt war. Der Anblick von dampfenden Eiern, gebratenen Kartoffeln und frischem Brot ließ mir das Wasser im Mund zusammenlaufen und meinen Magen knurren. Ich hatte gestern Abend das Abendessen ausgelassen, und ich hätte es bereut, wenn nicht dieses üppige Festmahl vor mir gelegen hätte.

Ich verschlang zwei randvoll gefüllte Teller, bevor ich bemerkte, dass Esmond auf mich wartete. Er aß nicht, aber ich nahm an, dass er seine Mahlzeit eingenommen hatte, bevor ich mein Zimmer verließ. Ich wischte mir mit den Händen übers Gesicht, tauchte sie dann in ein Fass mit Wasser und ließ sie an der Luft trocknen.

»Ich bin bereit«, sagte ich, als ich zu Esmond hinüberging.

»Gut. Komm mit mir.«

Ich folgte ihm aus den Schlosstoren hinaus und um die Südseite herum, wo Sions behelfsmäßiger Unterstand war. Es war ein großes Zelt für jeden Menschen, aber für Sion war es eher klein. Der größte Teil ihres Schwanzes ragte an der Seite heraus. Sie trat heraus und streckte ihre Beine, dann ihre Flügel.

»Wie gut bist du mit einem Bogen?«, fragte Esmond.

»Ich habe noch nie einen benutzt«, antwortete ich.

»Es ist eine gute Waffe auf dem Rücken eines Drachen, aber du bist nicht darauf beschränkt. Ich sehe, du trägst ein Schwert, also nehme ich an, du bist damit ausgebildet?«

»Ich bin kein Experte«, gab ich zu. »Aber ich kann mich behaupten.«

»Ich nehme an, das wird vorerst reichen müssen. Drachen kämpfen außerhalb der Wildnis selten gegen ihresgleichen, also wird sie einen Stil finden müssen, der zu ihr passt. Leider wird es für sie schwierig sein, einen zu finden, bis sie in einer echten Schlacht ist. Ich könnte sie mit einigen Greifen üben lassen, aber es wird nicht dasselbe sein.«

»In der Zitadelle tragen die Drachen Sättel. Wäre es besser, wenn ich einen hätte?«

»Ja, deshalb habe ich unseren Lederarbeiter einige Änderungen am alten Sattel meines Drachen vornehmen lassen. Er sollte heute, vielleicht morgen, fertig sein. Vorerst werden wir am Boden üben. Besteige deinen Drachen.«

Sion senkte sich, damit ich auf ihre Schulter klettern konnte. Ich positionierte mich so, wie ich zuvor auf ihr gesessen hatte, und schaute zu Esmond, um Anweisungen zu erhalten.

»Zieh dein Schwert und strecke deinen Arm so weit wie möglich aus.«

Ich tat es und streckte mich so weit wie möglich nach rechts, ohne meinen Griff an Sions Schuppe zu verlieren. Esmond ging um Sion herum und starrte mich aufmerksam an.

»Bewege dich zurück, wo du angefangen hast«,

sagte er.

Wieder tat ich, wie er verlangte.

»Strecke dich wieder aus.«

Ich war mir nicht sicher, was der Zweck der Übung war, aber ich folgte weiterhin seinen Anweisungen.

»Zurück bewegen.«

Schließlich runzelte er die Stirn.

»Du hast nicht genug Reichweite, um etwas anderes als den Flügel deines Drachen zu treffen. Lass uns es mit einer Lanze versuchen.« Esmond verließ uns, um eine zu holen.

»Es ist etwas Seltsames an ihm«, sagte ich.

Ja, ich spüre es auch.

»Was fühlst du?«, fragte ich.

Dunkelheit.

»Er sagte mir, er sei krank. Die Krankheit wird sein Leben fordern.«

Das könnte es sein, was ich spüre. Krankheit entsteht aus Dunkelheit.

»Das ist nicht, was *ich* fühle«, sagte ich leise und dachte wieder an die Vertrautheit seiner blauen Augen. Wo hatte ich sie zuvor gesehen? »Es ist etwas anderes.«

Die Zeit wird es offenbaren.

Esmond kehrte mit einer Lanze zurück. Sie war über drei Meter lang, mit einer langen Stahlspitze am Ende. Er hielt sie mir hin und ich griff danach. Sie war leichter als sie aussah, aber trotzdem robust und dick.

»Die meisten Waffen sind gegen Drachenschuppen wirkungslos«, sagte er. »Eine Lanze wird einem Drachen nicht schaden, aber sie kann einen Reiter erreichen, wenn du aus dem richtigen Winkel angreifst. Und mit genug Kraft wirst du ihn aus dem Sattel stoßen können.«

»Das klingt ein bisschen barbarisch und brutal«, sagte ich.

»Nur die grimmigsten Krieger überleben eine Schlacht, und das, weil sie bereit sind, ihr Gewissen beiseite zu legen. Es mag brutal klingen, aber wenn du in diesem Sattel sitzt und ein Feind auf dich zukommt, wirst du feststellen, dass du anders darüber denkst.«

Er hatte einen guten Punkt, aber trotzdem. Ich hatte noch nie jemanden getötet. Der Gedanke, das Blut von jemandem an meinen Händen zu haben, war nicht gerade aufregend für mich, aber ich behielt meine Bedenken für mich. Wir verbrachten den Rest des Tages mit Übungen. Er stellte Heuballen als Scheinobjekte auf, die ich niederstechen sollte. Anstatt zu fliegen, sprintete Sion auf die Objekte zu, und es lag an mir, sie mit der Lanze zu treffen.

Als wir am Abend mit den Übungen fertig waren, hatte ich Blasen an den Händen und meine Arme waren mehr als nur wund. Ich aß allein in meinem Zimmer zu Abend und verbrachte dann einige Zeit in einem heißen Bad. Die Wärme löste die Verspannungen in meinem Nacken und den Schultern, aber ich wusste, dass ich morgen die Steifheit in meinen Armen spüren würde.

Ich zog mich an und öffnete meine Tür. Es war kein Wächter anwesend. Vielleicht hatte ich mich geirrt, was das Erregen von Verdacht anging. Ich trat in den Flur und schloss die Tür hinter mir, dann machte ich mich auf den Weg zurück zu der Tür, die ich am Vorabend gefunden hatte. Das Schloss war still und größtenteils dunkel. Nur wenige Fackeln brannten, und ich nahm eine von der Wand und benutzte sie, um mir den Weg zu leuchten. Als ich die Tür erreichte, löschte ich die Fackel und legte mein Ohr an die Tür.

Nichts.

Ich drehte den Griff und öffnete die Tür ein paar Zentimeter, um zu sehen, ob jemand drinnen war. Abgesehen von ein paar schwebenden Lichtkugeln sah ich keine Bewegung. Ich trat ein und schloss die Tür. Der Raum schien eine Art Studierzimmer zu sein und erinnerte mich an Altins Laden. Überall im Raum lagen Bücher verstreut, es gab mehrere Mörser und Stößel und etwa ein Dutzend Flaschen und Phiolen, die alle verschiedenfarbige Flüssigkeiten enthielten.

Eines der Bücher fiel mir ins Auge und ich nahm es in die Hand und blätterte durch einige Seiten. Der Text war in einer fließenden Schrift geschrieben, aber in einer Sprache, die ich nicht kannte. Ich legte es zurück und ging zu den Flaschen hinüber, beugte mich hinunter, um die

Flüssigkeiten darin zu betrachten. Ich entdeckte die grüne vom Vorabend. Sie blubberte immer noch, was ich seltsam fand.

»Er hat Potenzial.«

Ich wirbelte herum. Es gab eine Tür, die ich im hinteren Teil des Raumes nicht gesehen hatte, und jemand kam hindurch. Ohne Zeit, ein besseres Versteck zu finden, ließ ich mich zu Boden fallen und kroch unter den Schreibtisch. Zwei Paar Füße kamen in Sicht. Ein Paar erkannte ich als Esmonds, aber das andere war ein Rätsel.

»Das tun Sie auch, wenn Sie nur aufhören würden, sich gegen mich zu wehren.«

»Ich werde mich Ihrem dunklen Willen niemals unterwerfen. Wenn Sie das nach all den Jahren noch nicht gelernt haben, sind Sie törichter, als ich dachte.« Esmonds Stimme klang angestrengt.

»Sie werden eines Tages brechen. Das tun sie alle. Sie haben es gesehen.«

»Ich habe zu viele Ihrer Taten gesehen. Ich werde müde, aber ich werde nicht nachgeben, bis der Junge von diesem Ort fort ist. Ich werde nicht zulassen, dass Sie und Ihre Männer ihn korrumpieren.«

»Er wird sich meinem Willen beugen, genau wie Sie, ob freiwillig oder mit Gewalt.«

»Eldwin ist stärker, als Sie denken«, erwiderte Esmond.

»Er und sein Drache sind der Schlüssel, um die

Bestie zu kontrollieren und sie auf Osnen loszulassen«, sagte der Mann. »Ich werde *alles* tun, um sicherzustellen, dass er hier bleibt.«

Wer auch immer der andere Mann war, ich mochte ihn nicht. Ich versuchte, hinauszuspähen, um zu sehen, wie er aussah, aber ich konnte ihn nicht sehen, ohne mich zu zeigen. Ich wollte gehen, aber leider saß ich fest, bis sie gingen. Glücklicherweise musste ich nicht lange warten. Esmond und der andere Mann stritten weiter, dann kehrten sie in den hinteren Teil des Raumes zurück. Ich wartete, bis ich sie nicht mehr hören konnte, dann krabbelte ich unter dem Schreibtisch hervor und verließ den Raum.

Es war offensichtlich, dass Altin mich anlog, und ich war entschlossen, die Wahrheit herauszufinden.

12

Nach fast einer Stunde, in der ich das Schloss nach Altin durchsucht hatte, gab ich auf und kehrte in mein Zimmer zurück. Ich beschloss, dass Sion und ich abreisen würden, wenn er mir am Morgen nicht die Wahrheit sagte. Ich hatte keine Ahnung, wohin wir gehen würden, aber ich wollte nicht Teil eines finsteren Plans sein. Wenn die Reiter unschuldige Menschen angriffen, wäre das eine Sache, aber der Mann, der mit Esmond sprach, ließ es so klingen, als ob etwas anderes im Gange wäre.

Und seine Stimme jagte mir einen Schauer über den Rücken. Ich lag noch lange wach, bevor mich endlich der Schlaf übermannte. Mein Schlaf war von Albträumen geplagt, Träume, in denen ich von Rory und seinem Zauberer gefangen gehalten und gefoltert wurde.

Eldwin. Eldwin, wach auf.

Jemand im Traum rief meinen Namen, aber ich konnte nicht sehen, wer es war.

Eldwin, bitte.

Die Stimme wurde immer eindringlicher.

ELDWIN!

Meine Augen schossen auf. Ich lag im Bett. Es war immer noch dunkel, und ich war allein.

Eldwin? Es war Sion.

Ich konzentrierte mich auf unsere Verbindung. *Ja, ich bin hier. Was ist los?*

Sie kommen.

Wer kommt? fragte ich besorgt.

Die Reiter. Ich kann ihre Drachen spüren.

Schnell kletterte ich aus dem Bett und zog meine Stiefel an, dann schnallte ich meinen Schwertgürtel um die Hüfte. Altin hatte mir ein Kettenhemd gegeben, das ich über meine Tunika zog. Ich öffnete die Tür und erwartete hektische Bewegungen, aber es war ruhig.

Da ist noch etwas, sagte Sion. *Der Boden bebt.*

Die Armee des Königs. Altin hatte erwähnt, dass seine Spione ihm berichtet hatten, der König von Osnen schicke eine Invasionsarmee. Wenn Sion ihr Näherkommen im Boden spüren konnte, waren sie nicht mehr weit entfernt. Sie kamen unter dem Schutz der Dunkelheit. Das war clever.

Ich eilte aus dem Schloss in den Hof und blickte zum Himmel. Ich sah nichts, aber dicke Wolken verdeckten den Mond. Die Drachen könnten direkt über uns sein.

Sind sie nicht, bestätigte Sion. *Obwohl sie näher kommen.*

Wir sollten Alarm schlagen, sagte ich ihr.

Was auch immer du tun willst, beeil dich. Die Armee steigt jetzt aus dem Tal auf.

Meine Augen weiteten sich vor Überraschung. »Wir werden angegriffen!«, rief ich. Ich rannte über den Hof und suchte nach den Wachen. Einer stand auf der Mauer und blickte zu mir herunter.

»Schlag Alarm!«, schrie ich.

»Wovon redest du da?«, rief der Mann zurück. »Ich sehe nichts.«

»Schau ins Tal!«

Der Wachmann zögerte, als würde er mich abweisen wollen, aber er verschwand aus meinem Blickfeld. Wenige Augenblicke später läutete eine Glocke laut. Der Hof erwachte zum Leben. Wachen kamen aus dem Schloss gerannt, einige legten noch ihre Rüstungen an. Stallmeister brachten Greifen in den Hof und übergaben die Zügel an Soldaten.

Die riesigen Kreaturen sprangen in die Luft, Staub wirbelte in ihrem Kielwasser auf. Ich verließ den Hof, ging an den Belagerungswaffen vorbei und traf Sion an ihrem Zelt im Süden. Sie trug einen Sattel. Er war aus dunkelbraunem Leder gefertigt und mit Drachenköpfen und -flügeln verziert. Er war wunderschön.

Sie sind fast hier, warnte Sion.

Ich nickte und griff nach der Lanze, mit der wir zuvor geübt hatten, und kletterte ihre Schulter hinauf, wobei ich unbeholfen versuchte, in den Sattel zu kommen. Meine Muskeln brannten, als ich versuchte, mich zurechtzufinden und gleichzeitig die Lanze festzuhalten. Als ich saß, hob ich die Lanze in Position und hielt das schwerere Ende mit der linken Hand.

Ich bin bereit, sagte ich Sion.

Und gerade rechtzeitig. Das Brüllen der Drachen erfüllte die Nacht, als sie aus den Wolken herabstürzten. Sion stieß sich vom Boden ab, ihre Flügel schlugen schnell und hart, und hoben uns vom Boden in Richtung Gefahr. Mein Herz hämmerte vor Angst und Erwartung in meiner Brust. Ich wollte nicht gegen die Reiter kämpfen, aber wenn sie Böses taten, hatte ich keine andere Wahl, als mich ihnen in den Weg zu stellen.

Ein blauer Drache öffnete sein Maul und zischende Blitze schossen herab, zerschmetterten eine der Ballisten zu Splittern. Ein anderer Drache, dieser grün, spie Säure aus seinem Rachen und schmolz gleichermaßen Kopfsteinpflaster und Katapulte.

Es sind so viele, sagte Sion. *Ich habe noch nie so viele meiner eigenen Art an einem Ort gesehen.*

Ich hatte während meiner Zeit in der Zitadelle ein paar Drachen gesehen, aber sie hatte recht. Es waren so viele Drachen am Himmel, dass es nicht real erschien. Sie hatten auch alle unterschiedliche Farben. Blaue und grüne, rote und weiße und sogar ein paar schwarze. Greifen mischten sich in das Chaos und begannen hin und her zu fliegen, ihre Reiter schossen Pfeile auf die Drachenreiter. Innerhalb von Minuten fanden überall kleine Kämpfe statt.

Unten auf dem Boden konnte ich die sich dem Schloss nähernde Armee sehen. Von meinem Aussichtspunkt aus schien es, als würde eine lange, dicke Schlange langsam das Land verschlingen. Ich hatte nicht viel mit Esmond trainiert, also hatte ich keine Ahnung, wo ich am besten helfen könnte. Ich blickte hinunter zu den Belagerungswaffen und sah, dass Soldaten herumeilten und versuchten, sie zu laden und abzufeuern. Ein Ballistenbolzen schoss in die Luft und verfehlte nur knapp einen grünen Drachen.

Er brüllte laut vor Wut und Herausforderung, stürzte dann hinab und landete inmitten der Belagerungswaffen. Zwischen der Säure und seinen Klauen zerriss er viele der Waffen.

Dort, sagte ich zu Sion. *Er ist allein. Lass uns ihn aufhalten, bevor er alle diese Waffen zerstört.*

Sion neigte sich zur Seite und stürzte dann wie ein Pfeil hinab. Der Wind peitschte wild an meinen Kleidern und Haaren, und ich musste meine Augen schließen, weil es sich anfühlte, als würden sie mir aus dem Kopf gerissen werden. Sion landete mit einem erschütternden Aufprall, und ich öffnete meine Augen wieder, um Altin mit einer Gruppe Männer zu sehen, die vor dem grünen Drachen flohen.

Ich schleuderte meine Lanze auf den Drachen, um seine Aufmerksamkeit von den fliehenden Männern abzulenken. Der Drache wandte sich mir zu und hielt inne. Es dauerte einen Moment, bis mir klar wurde, dass er verwirrt war, aber als ich es begriff, stürmte der Drache vorwärts. Sion rannte los, um ihm direkt zu begegnen. Ich klammerte mich am Sattel fest und duckte mich.

Die beiden Drachen prallten aufeinander und trotz meines festen Griffs wurde ich von Sions

Rücken geschleudert. Ich landete unsanft auf dem Kopfsteinpflaster, prallte einmal auf und schlug mit meinem Arm gegen etwas Kaltes und Hartes am Boden. Mühsam rappelte ich mich auf und zog mein Schwert. Der Reiter des grünen Drachen war ebenfalls gestürzt, und der gepanzerte Mann war bereits auf den Beinen und kam auf mich zu.

Sion war mit dem anderen Drachen beschäftigt, und die beiden kratzten und bissen sich gegenseitig, während sie über das Gelände rollten. Ich biss die Zähne zusammen und hob meine Klinge zur Verteidigung, als mein Gegner zum Angriff überging. Seine Klinge traf auf meine, und ich war überrascht, als die Wucht geringer ausfiel als erwartet. Ich drückte mein Schwert nach vorne und zur Seite und schleuderte seinen Arm weit weg, während er sich fest an seinem Schwert festhielt.

Der Mann trug einen Brustpanzer aus Plattenstahl und einen Helm mit einem Visier, das sein Gesicht schützte. Da sein Schwertarm von seinem Körper weggestreckt war, ging ich nah heran und rammte ihm mein Knie in den Schritt. Es beeindruckte ihn kaum, und ich glaubte, ein kurzes Kichern aus dem Helm zu hören. Er packte meinen Hals mit seiner freien Hand und versuchte zuzudrücken, aber sein Griff war schwach. Ich schlug seinen Arm weg und wich ein paar Schritte zurück, dann schwang ich mein Schwert horizontal gegen seinen Kopf.

Ein lautes metallisches *Klirren* ertönte, als meine Klinge die Seite seines Helms traf. Ein überraschter Schrei folgte und der Mann ließ sein

Schwert fallen, als er rückwärts taumelte. Ich warf einen Blick auf die Drachen. Sie kämpften immer noch, aber es schien, als hätte Sion die schlechteren Karten. Ihre Brust hob und senkte sich heftig und Schaum bildete sich an ihren Mundwinkeln. Der grüne Drache war doppelt so groß wie sie und hatte die Oberhand gewonnen. Ich musste etwas unternehmen, aber ich würde von dem Biest leicht zerquetscht werden.

Ich stürzte mich auf den benommenen Reiter und schlug ihm erneut gegen den Helm, dann trat ich ihm gegen das Knie. Der Mann brach auf dem Boden zusammen und ich warf mich auf ihn, wobei ich seine Arme mit meinen Knien fixierte.

»Ruf deinen Drachen zurück«, forderte ich.

Der Mann wand sich unter mir, aber er konnte nicht genug Kraft aufbringen, um mich abzuschütteln. Ich verlagerte mehr Gewicht auf meine Knie und der Mann hörte auf sich zu wehren, stöhnte auf, als seine Rüstung in sein Fleisch schnitt.

»Ruf deinen Drachen zurück!«

Der Mann war stur und weigerte sich zu gehorchen. Ich stieß mein Schwert zwischen die Pflastersteine und packte seinen Helm, zerrte daran, bis der Riemen riss und er sich löste. Ich warf ihn beiseite und blickte nach unten. Meine Augen weiteten sich, als ich das Gesicht erkannte, das zu mir aufstarrte.

»Maren?«, keuchte ich.

13

»W-was machst du hier?«, stotterte ich.

»Das könnte ich dich auch fragen«, knurrte sie. »Geh runter von mir!«

Ich rollte mich von ihr herunter und bot ihr meine Hand an. Sie funkelte mich böse an, nahm aber schließlich meine Hand und ich zog sie auf die Füße. Sie blickte zu ihrem Drachen und mit einem stummen Befehl löste er sich von Sion. Die beiden Drachen beäugten sich misstrauisch.

»Also, du hast es geschafft, einen eigenen Drachen zu finden?«, fragte Maren und blickte zum Himmel hinauf.

»Ja. Und du bist Teil der Zitadelle, die hilflose Menschen angreift?«

Maren wandte ihren Blick mir zu. »Wovon redest du?«

»Ich habe die Zerstörung im Tal gesehen«, sagte ich und zeigte in die Richtung. »Unschuldige Menschen wurden durch Drachenfeuer getötet. Das ist nicht das, wofür die Reiter stehen. Das ist nicht, was sie tun. Zumindest wurde mir das in der Zitadelle so beigebracht.«

Maren schüttelte langsam den Kopf. Ich konnte sehen, dass sie aufgehört hatte, ihre Haare schwarz zu färben. Das leuchtende Rot schimmerte schwach. Sie war immer noch so schön wie eh und je, aber ihr

Gesicht war von Sorgenfalten durchzogen.

»Eldwin, wir haben das Tal nicht angegriffen. Wir sind hier, um den Nekromanten aufzuhalten. Das ist seine Burg. Was mich zu der Frage bringt ... warum bist *du* hier?«

Ihre Worte ließen mich innehalten. Das war die Burg des Nekromanten? Des Mannes, der für Kuratorin Josephines Tod verantwortlich war? Nein, das konnte nicht stimmen ... aber der Mann, der vorhin mit Esmond gesprochen hatte, der geheimnisvolle Mann ...

Ein beklemmendes Gefühl breitete sich in meinem Magen aus. *Nein*, dachte ich.

Was ist los?, fragte Sion.

Wir wurden getäuscht, sagte ich ihr.

»Es ist eine lange Geschichte«, sagte ich zu Maren. »Ich werde dir später alles erzählen. Wo ist Meister Pevus? Ich muss ihn sehen.«

»Meister Pevus? Du hast es wohl nicht gehört, oder? Er ist tot.«

»Tot?«, fragte ich ungläubig. »Was ist passiert?«

»Er wurde vor ein paar Wochen in der Zitadelle vergiftet. Kurator Anesko hat vorübergehend die Leitung übernommen, bis das Konklave einen neuen Anführer ernennt. Die Dinge laufen nicht gut zu Hause, Eldwin.«

»Ich muss mit Anesko sprechen. Wo ist er?«

»Ich bringe dich zu ihm«, sagte Maren. »Folge

mir.« Sie hob ihr Schwert auf und rannte zu ihrem Drachen, kletterte mühelos in den Sattel. Sie hatte offensichtlich mehr Übung als ich. Ich bestieg Sion und wartete, bis Maren und ihr Drache in die Luft gesprungen waren, dann wies ich Sion an, ihnen zu folgen.

Während wir aufstiegen, suchte ich den Boden nach Altin ab, aber es gab keine Spur von ihm. Ich hoffte, er hatte die Burg sicher erreicht. Er mochte zwar auf der Seite des Feindes stehen, aber er war nett zu mir gewesen und hatte die Salbe besorgt, die Sions Flügel geheilt hatte. Es war ein moralisches Dilemma, aber ich stand in seiner Schuld. Sion erreichte dieselbe Höhe wie Marens Drache und wir flogen über das Chaos hinweg, das sich unter uns entfaltete. Die Armee des Königs hatte die Burg erreicht und das Klirren von Waffen ertönte aus allen Richtungen.

Ein seltsamer Schrei ertönte hinter mir und ich blickte über meine Schulter. Sechs Greifen mit Reitern näherten sich uns von hinten. *Wir haben Gesellschaft*, sagte ich zu Sion. Ich zog mein Schwert, obwohl ich wusste, dass ich nicht die Reichweite hatte, um Schaden anzurichten.

»Eldwin!«

Ich hörte meinen Namen kaum über dem Wind. Es war Altin. Er ritt auf einem der Greifen. Ich biss die Zähne zusammen und versuchte, ihn zu ignorieren.

Ein großer Schatten sauste über uns hinweg. Einen Moment später erfüllten Schreie den Himmel.

Ich sah, wie ein Drache plötzlich abstürzte, sein Reiter fiel aus dem Sattel. Die Flügel des Drachen waren zerfetzt und er stürzte zu Boden. Ich wandte die Augen ab, kurz bevor der Drache und sein Reiter unten im Tal aufschlugen.

Was war das für ein Ding?, fragte ich Sion.

Sie antwortete nicht, aber ich konnte ihre Angst durch unsere Verbindung spüren. Was auch immer es war, es hatte einen ausgewachsenen Drachen mit wenig Mühe erledigt. Ich suchte die Wolken über uns ab, hielt Ausschau nach allem Ungewöhnlichen, aber ich hätte die Greifen hinter mir im Auge behalten sollen.

Zwei der Vögel glitten in Position an Sions Seiten. Ihre Reiter hatten Lanzen auf uns gerichtet, und ich sah, dass Altin unter ihnen war.

»Eldwin!«

Er rief erneut meinen Namen. Ich drehte mich zu ihm um. Sein Greif war nur wenige Meter entfernt, aber sicher außerhalb von Sions Reichweite.

»Komm zurück!«, rief er. »Es ist noch nicht zu spät!«

Bevor ich antworten konnte, flog Marens Drache nach oben und machte eine Rolle, um sich hinter Sion zu positionieren. Mit einem wütenden Brüllen spie er Säure auf die Greifen zu meiner Linken. Die Vögel kreischten, als sie vom Himmel fielen, ihre Reiter waren bereits in ihren Sätteln zu Tode geschmolzen. Altin und die anderen Reiter wandten sich schnell zur Flucht.

Marens Drache übernahm wieder die Führung, und ich hielt vorsichtiger Wache. Die ausgebrannte Stadt im Tal unter uns glühte orange von neuen Feuern. Es waren keine Kampfgeräusche zu hören, aber die Schreie der Verwundeten und Sterbenden drangen an meine Ohren. Ich wusste, dass ich von Altin getäuscht worden war, aber das Gemetzel, das ich gesehen hatte, war definitiv das Werk von Drachen. Vielleicht könnte Anesko erklären, was passiert war.

Das Flappen von Flügeln lenkte meine Aufmerksamkeit auf sich, und ich drehte mich im Sattel um, um Esmond auf dem Rücken eines Greifen herannahen zu sehen. Ich umklammerte den Griff meines Schwertes fester. Ich wollte nicht gegen den Mann kämpfen, aber ich konnte momentan niemandem vertrauen. Es war durch sein Gespräch mit dem Nekromanten offensichtlich geworden, dass er ein Gefangener war. Er war wahrscheinlich ein Kundschafter oder so etwas gewesen und im Kampf gefallen, nur um dann gefangen genommen zu werden.

»Junge!«, rief er. »Flieh von hier und komm nicht zurück!«

»Das habe ich auch nicht vor!«, rief ich zurück.

»Wenn du es tust, wirst du es bereuen! Er wird dich mit seiner Magie versklaven. Warne die anderen! Zieht euch jetzt zurück, solange ihr noch könnt. Er hat eine Bestie erschaffen, die nicht besiegt werden kann!«

Er musste von dem Schatten sprechen, der den Drachen erledigt hatte. Ich hob mein Schwert zu ihm.

»Ich werde es ihnen sagen!«

»Vergib mir!«, rief Esmond.

Ihm was vergeben? Wenn ich an die letzten zwei Tage zurückdachte, hatte er nichts anderes getan, als mich zu trainieren. Tatsächlich hatte er mir sogar geholfen, besser mit Sion zu kommunizieren. Wir passierten den Rand des ausgebrannten Tals unter uns, und ich sah mit Entsetzen zu, wie Esmond von einer unsichtbaren Barriere von seinem Reittier geschleudert wurde. Der Greif flog weiter, als wäre nichts geschehen, aber Esmond fiel durch den Himmel in die Dunkelheit unter uns.

Wir müssen umkehren!, schrie ich Sion an.

Sie antwortete nicht, noch änderte sie die Richtung.

Sion, bitte!

Mir wurde klar, dass etwas unsere Verbindung blockierte. Ich konnte es spüren, wie ein unsichtbares Netz, das sich über unser Band gelegt hatte. In Gedanken kratzte ich daran, versuchte, Sions Geist zu erreichen. Es war zu stark und ich gab frustriert auf.

Ein klagender Schrei erfüllte die Luft. Ich blickte zurück und erwartete, einen Greif oder das schattenhafte Biest zu sehen, aber da war nichts. Der Klang verblasste und die Nacht wurde still. Wir ließen das Tal hinter uns und als die Sonne aufzugehen begann, konnte ich das Lager erkennen, zu dem Maren mich führte.

Maren zu finden war eine Überraschung, und ich hatte hundert Fragen, die beantwortet werden mussten.

Zu allem Überfluss hatte ich aus einem Grund, den ich nicht erklären konnte, das Gefühl, als hätte ich Esmond dem Tod überlassen.

Die Reise geht weiter mit Aufruf der Krieger.

Das Ende von Buch zwei

ÜBER DEN AUTOR

Richard Fierce ist ein Fantasy- und Space-Opera-Autor. Er schreibt seit seiner Kindheit, begann aber erst 2007 mit dem Veröffentlichen. Seitdem hat er mehrere Romane und Kurzgeschichten geschrieben.

Im Jahr 2000 gewann Richard den Preis für den Dichter des Jahres für sein Gedicht The Darkness. Er ist auch eines der kreativen Köpfe hinter dem Allatoona/Acworth Buchfestival, einem literarischen Ereignis in den USA.

Ein erholender Einzelhandelsarbeiter, er arbeitet jetzt in der Tech-Industrie, wenn er nicht beschäftigt ist zu schreiben.

Er ist verheiratet und hat drei Stief-Töchter (betet für ihn), drei Enkelkinder, drei Hunde (Huskies!), eine Katze und zwei Frettchen. Er hat im Grunde einen Zoo.

Seine Liebesaffäre mit Fantasy wurde in der High School geboren, als er die Dragonlance-Romane von Margaret Weis und Tracy Hickman las.

www.ingramcontent.com/pod-product-compliance
Lightning Source LLC
Chambersburg PA
CBHW021719190726
48289CB00008B/2601